En 2018, Harlequin fête ses 40 ans !

Chère lectrice,

Comme vous le savez peut-être, 2018 est une année très importante pour les éditions Harlequin qui célèbrent leur quarantième anniversaire. Quarante années placées sous le signe de l'amour, de l'évasion et du rêve… Mais surtout quarante années extraordinaires passées à vos côtés ! Azur, Blanche, Passions, Black Rose, Les Historiques, Victoria mais aussi HQN, &H et bien d'autres encore : autant de collections que vous avez vues naître, grandir et évoluer, avec un seul objectif pour toutes – vous offrir chaque mois le meilleur de la romance. Alors merci à vous, chère lectrice, pour votre fidélité. Merci de vivre cette formidable aventure avec nous. Les plus belles histoires d'amour sont éternelles, et la nôtre ne fait que commencer…

40 ANS

Dans le lit d'un prince

SUSAN STEPHENS

Dans le lit d'un prince

Traduction française de
JEAN-BAPTISTE ANDRÉ

Azur

HARLEQUIN

Collection : Azur

Titre original :
A NIGHT OF ROYAL CONSEQUENCES

HARPERCOLLINS FRANCE
83-85, boulevard Vincent-Auriol, 75646 PARIS CEDEX 13
Service Lectrices — Tél. : 01 45 82 47 47

www.harlequin.fr

ISBN 978-2-2803-8076-8 — ISSN 0993-4448

1.

Il était difficile de faire mieux en matière de funérailles, Luca y avait veillé. Conformément au protocole, il était arrivé le dernier et s'était assis à la place d'honneur dans la cathédrale bondée, sous la coupole peinte par l'atelier de Michel-Ange. Sur sa droite, les portes de bronze ouvragé étaient d'une délicatesse qui leur avait valu le surnom de « portes du Paradis ». Mais Luca était bien trop ému pour les admirer. Sa seule préoccupation, en cet instant, était d'offrir le plus digne des adieux à l'homme auquel il devait tout. Et il pensait y être parvenu.

Les drapeaux, dans toute la principauté du Fabrizio, avaient été mis en berne. Les habitants se massaient dans les rues pavoisées de fleurs importées de France. Les musiciens qui devaient jouer pendant la cérémonie venaient de Rome. Une procession de carrosses avait conduit les dignitaires du monde entier jusqu'à la cathédrale. Le meilleur étalon de Luca, Force, avait tiré le cercueil recouvert du drapeau national de son père, ses bottes vides fixées à l'envers dans les étriers comme le voulait la tradition.

Luca tourna la tête et rendit les saluts respectueux que présidents, ministres et autres célébrités lui adressèrent. Que de chemin parcouru pour celui que la presse avait autrefois surnommé « le voyou de Rome » ! Son sens des affaires l'avait rendu milliardaire. Mais c'était à l'homme qu'il enterrait aujourd'hui qu'il devait d'être prince. Le faste qui l'entourait contrastait singulièrement avec les rues taguées où il avait grandi, des rues dont la puanteur aurait éclipsé le parfum entêtant des fleurs qui noyaient l'autel. Dieu merci, les taudis d'autrefois avaient laissé place à des palais gothiques, les graffitis à d'élégants vitraux. Jamais, même dans ses rêves les plus fous, Luca n'aurait imaginé devenir prince. Sa seule préoccupation, à l'époque, avait été de manger à sa faim.

Il adressa un signe de tête à une princesse européenne, la énième à lui jeter un regard charmeur. De son passé, Luca avait gardé un sixième sens qui l'alertait lorsque quelqu'un cherchait à profiter de lui. Il avait également conservé une allure de bagarreur renforcée par son mètre quatre-vingt-dix, son nez aquilin et sa chevelure indisciplinée. Aujourd'hui encore, Luca n'était pas très sûr de ses origines. Il connaissait sa mère, une ouvrière romaine, mais pas son père. C'était le prince défunt qui avait tenu ce rôle dans sa vie.

Ils s'étaient rencontrés dans des circonstances improbables, en un lieu qui l'était plus encore. En visite officielle au Colisée, le prince l'avait surpris qui fouillait dans les poubelles. Mû par ce sixième sens que Luca ne cesserait jamais d'admirer, le souverain avait dépêché son aide de camp, le lendemain, porteur d'une proposition : il offrait à Luca de l'embaucher pour servir de compagnon à son fils, Max. Si cette nouvelle vie ne lui convenait pas, Luca serait libre de partir.

Luca s'était d'abord méfié. Mais il avait fini par accepter, car il fallait bien manger. La petite expérience sociale du prince avait réussi au-delà de toute attente, puisque c'était désormais lui qui portait ce titre. Luca vénérait son père adoptif, l'homme qui lui avait appris à diriger sa vie plutôt que d'en être la victime. Sur son lit de mort, le prince lui avait donné un dernier conseil :

— Max est faible. C'est donc toi qui me succéderas

sur le trône. Tu dois te marier au plus vite pour assurer la pérennité de ce pays que nous aimons tous les deux.

Luca avait pris la frêle main de son père et avait donné sa parole. S'il avait pu partager sa force et sa santé avec lui, il l'aurait fait sans hésiter. Il n'aurait reculé devant rien pour sauver à son tour l'homme qui l'avait tiré de la rue.

Comme s'il avait lu dans ses pensées, son frère adoptif Maximus, assis de l'autre côté de l'allée qui partageait la nef, lui jeta un regard haineux. Les deux ne s'aimaient guère et n'en faisaient pas mystère, malgré tous les efforts de leur père pour forger un lien entre eux. Luca avait tenté d'y mettre du sien mais Max s'intéressait davantage aux femmes et à la boisson qu'à son pays. Il s'entourait de thuriféraires avides de faveurs. Alors que le prince avait été son plus grand soutien, Luca savait Max son principal ennemi.

Il reporta son attention sur l'autel, dressant une liste mentale de tout ce qu'avait accompli le souverain. Lui succéder ne serait pas tâche facile, mais c'était lui que le prince avait choisi. Pas étonnant que Max le déteste…

Luca, pourtant, n'avait jamais réclamé un tel honneur. Et s'il l'avait accepté, ce n'était pas pour s'enrichir. Grâce aux investissements qu'il avait effectués une fois ses études d'ingénieur terminées, il était aujourd'hui à la tête d'un empire qui brassait plus d'argent que le Fabrizio entier. Ses sociétés tournaient désormais presque toutes seules, et c'était tant mieux : il allait avoir besoin de toute sa concentration pour diriger le pays — et pour se trouver une épouse.

— Si tu n'y parviens pas dans les deux ans, l'avait prévenu son père sur son lit de mort, notre Constitution stipule que le trône reviendra à ton frère.

Luca savait ce que cela signifiait : la ruine à court terme du Fabrizio.

— C'est ton destin, avait ajouté le vieux souverain. Tu ne peux pas t'y soustraire.

Si Luca n'avait pas la moindre intention de s'y soustraire, la perspective de devoir épouser une princesse minaudeuse ne le tentait guère. Et pour le moment, il avait mieux à faire. La récolte des citrons approchait et il prenait chaque année la direction des grands vergers qu'il possédait en Italie, son pays natal. Mêlé aux travailleurs et aux gens normaux, il y apprenait tout ce qu'il avait besoin de savoir sur le monde réel. Il n'y avait pas meilleur moyen de prendre le pouls de la société, et il se voyait mal le faire enchaîné à une poupée de porcelaine qui défaillirait à l'idée de mettre de la poussière sur ses escarpins. Ce qu'il lui fallait, c'était une fille de la campagne. Mais où la trouver ?

— Il suffit de savoir regarder, lui avait dit son père. Ouvre les yeux. Sors des sentiers battus.

À l'époque, Luca se rappelait avoir songé que la tâche serait difficile. Maintenant qu'il regardait autour de lui, elle lui paraissait carrément irréalisable.

L'enterrement était humble mais respectable. Callie y avait veillé. À part elle, l'assemblée se composait seulement de leurs adorables et turbulents voisins, les Brown. La cérémonie était sobre, en un contraste presque ironique avec la vie de débauche qu'avait menée son père. Sans les Brown, sans leur bonne humeur et leur gentillesse, Callie soupçonnait qu'elle serait devenue folle. C'était grâce à eux qu'elle croyait encore en la possibilité d'une vie de famille heureuse, quand son propre père avait tout fait pour lui prouver le contraire.

Les larmes aux yeux, elle jeta une poignée de terre sur le cercueil.

— Au revoir papa, murmura-t-elle.

Ma Brown s'approcha d'elle pour poser un bras réconfortant sur ses épaules.

— Ne t'inquiète pas, ma chérie. Ta vie commence enfin. C'est un livre vierge, à toi d'y écrire ton histoire. Ferme les yeux et visualise ton avenir. Pense à un endroit où tu aimerais aller.

Rosie, sa fille et la meilleure amie de Callie, l'étreignit à son tour.

— Maman a raison. Le monde t'appartient. Et la première chose à faire, c'est de partir d'ici, lui conseilla son amie. Tu ne peux pas passer ta vie dans ce port minable.

— Partir ? Avec les dix livres sterling que j'ai en poche ? plaisanta tristement Callie. Je n'irai pas bien loin.

Lorsqu'elle regagna enfin la camionnette des Brown, et que toute la famille s'y fut empilée en compagnie de leurs cinq chiens, elle retrouva un semblant de sourire. Les Brown, c'était une injection de joie pure en intraveineuse. Après une vie passée à supporter la violence physique et verbale de son père, elle en avait bien besoin. Pour la première fois, elle était libre. Mais libre de quoi ?

— Pour le moment, ne pense pas à ton travail, fit Ma Brown, se retournant pour lui parler. Rosie prendra ton service au pub.

— Avec plaisir, confirma son amie. Tu as besoin de vacances.

— Il faudra que je trouve de quoi travailler, où que j'aille.

Son père, bien sûr, ne lui avait rien laissé. Le peu d'argent que lui versait l'État était passé dans le jeu ou la boisson. Le salaire de Callie au pub avait tout juste couvert le gîte et le couvert, du moins lorsque son père ne volait pas dans son sac pour aller parier.

— Pense à *toi*, maintenant, insista Ma Brown. Tu le mérites.

Penser à elle ? Si seulement… L'espace d'une seconde, Callie s'autorisa à rêver. Elle aurait aimé faire des études, découvrir le monde. Elle ne comptait pas travailler toute sa vie dans un pub. Elle voulait vivre au grand air, sentir la caresse du soleil sur son visage.

— On ne sait jamais, renchérit Rosie. Peut-être qu'en vidant la maison, demain, tu trouveras une liasse de billets oubliée par ton père.

Cette fois, Callie se mit à rire. Son père n'avait rien laissé, de cela elle était certaine. Sans l'aide des Brown, elle ne s'en serait jamais sortie. Le père Brown cultivait un petit potager, et lui avait offert à plus d'une reprise de quoi tenir jusqu'à la paie suivante.

— Et n'oublie pas que tu peux loger chez nous en attendant de te trouver quelque chose.

— Merci Ma, répondit Callie, se penchant pour déposer un baiser sur la joue de sa voisine. Je ne sais pas ce que je ferais sans vous tous.

— Tu te débrouillerais très bien. Tu es intelligente et indépendante, et tu iras aussi loin que le voulait ta pauvre mère. Elle nourrissait de grands espoirs pour toi. Dommage qu'elle ne t'ait pas vue grandir.

Callie sourit — elle allait bientôt devoir prouver de quelle étoffe elle était faite. Car il n'était pas question de s'éterniser chez les Brown, qui n'avaient eux-mêmes pas beaucoup de moyens. Une fois les dettes de son père réglées, elle partirait explorer le monde. Elle commencerait peut-être par Blackpool. L'afflux permanent de touristes, dans cette jolie ville côtière, lui garantissait de trouver rapidement un travail si elle ne se montrait pas trop regardante sur le salaire. Quelque peu rassérénée, elle se promit de parcourir les petites annonces sitôt rentrée chez elle.

*
* *

Sans la bonne humeur des Brown, vider la maison qu'elle avait occupée avec son père n'aurait pas été une partie de plaisir. Ma ratissa toutes les chambres, tandis que Callie et Rosie séparaient les affaires en ce qui pouvait être jeté, donné ou vendu. La récolte était maigre dans la dernière pile.

— Quel bric-à-brac, murmura Callie.

— Ce vieux salopard, grommela Ma Brown. S'il y avait quelque chose de valeur, il est du genre à l'avoir emporté !

— Je connais mon père. Il n'avait rien.

— Évidemment, vu ce qu'il buvait… Et quand il ne buvait pas, il jouait.

— Erreur ! s'exclama Rosie en émergeant d'une chambre, brandissant fièrement un billet de cinq livres. Regardez ce que j'ai trouvé.

Callie mit ses mains sur ses joues, feignant l'émerveillement.

— Mon Dieu, je suis riche !

— Que vas-tu faire de cette fortune ? s'enquit Rosie.

— Je ne sais pas…

— Tu peux à peine te payer un verre avec ça.

Callie fixa le vieux billet, presque réticente à le toucher. Au fond, son père lui manquait. C'était étrange, après des années passées à quémander un amour qu'il ne lui avait jamais accordé.

— Moi je sais quoi en faire, déclara Ma Brown en prenant le billet. J'ai ma petite idée.

— Faites-en ce que vous voulez, répondit Callie.

Puis elle oublia complètement le billet, du moins jusqu'au moment où elle passa à table avec les Brown ce soir-là. Lorsqu'elle eut terminé son assiette, Ma Brown croisa les bras et parcourut la petite assemblée d'un regard radieux, signe qu'elle allait faire une annonce.

— Ma chère Callie, nous savons tous que tu n'aimes

pas les jeux d'argent, et nous comprenons pourquoi. Mais pour une fois, tu vas prendre ce que je vais te donner sans protester.

Callie se raidit lorsque Ma lui tendit un jeu à gratter. Pa Brown tira une pièce de sa poche et la déposa devant elle.

— Ferme les yeux et imagine l'endroit où tu veux aller, souffla Rosie. Qu'est-ce que tu as à perdre ?

Les Brown la dévisageaient avec une excitation presque comique, et Callie fit mine de réfléchir.

— D'accord. Où aimerais-je aller avec mes gains ?

— Gratte d'abord cette fichue carte ! s'exclama Ma Brown, incapable de contenir plus longtemps son impatience.

La famille éclata de rire, et Callie s'exécuta. Puis elle se figea.

— Quoi ? Qu'est-ce qui se passe ? Combien ?

— Cinq mille, répondit-elle d'une voix étranglée.

Personne ne parla. Le silence se prolongea, presque incongru dans une telle famille.

— Hein ? fit enfin Rosie. Combien ?

— Cinq mille. J'ai gagné cinq mille livres.

Ce fut une véritable explosion de joie. Callie et les Brown passèrent les heures qui suivirent à échanger des idées sur la meilleure façon de dépenser cette manne : ouvrir un restaurant, un magasin de sandwichs dans la zone d'activité locale, un refuge pour animaux abandonnés.

— Je devrais vous donner cette somme, déclara enfin Callie. Après toutes ces années, je vous dois bien ça.

— Hors de question, répondit Ma Brown, bras croisés sur son opulente poitrine. Fin de la discussion.

— Tu pourrais acheter tous les chiens abandonnés du monde, fit valoir Tom, le cadet des Brown âgé de six ans.

— Ou une voiture d'occasion, ajouta l'un de ses frères, plus pragmatique.

— Ou des vêtements pour remplir ta garde-robe, renchérit Rosie.

Quelle garde-robe ? Les possessions terrestres de Callie tenaient dans une valise. Mais elle sourit et entra dans le jeu des suggestions, jusqu'au moment où Pa Brown leva la main d'un air grave.

— Ce n'est pas une somme délirante, mais tu devrais t'en servir pour t'offrir une chose dont tu as toujours rêvé, et dont tu te souviendras. On ne peut pas dire que tu as eu une vie très facile. Alors amuse-toi un peu, que diable !

Le silence retomba sur la petite assemblée, médusée. Personne n'avait jamais entendu Pa Brown parler si longuement. Ma Brown s'exprimait en général à sa place, du moins lorsque le vacarme des chiens et des enfants le lui permettait.

— Alors ? Des idées ?

— Oui, répondit Callie, presque surprise par la rapidité avec laquelle elle avait pris sa décision.

— Ne me dis pas que tu veux aller à Blackpool, intervint Rosie, levant les yeux au ciel.

— Non, pas à Blackpool…

Callie se pencha pour prendre le programme télé sur une table basse, puis l'ouvrit sur un encart publicitaire. On y voyait une famille allongée contre une butte verdoyante, face à des vergers lourds de citrons. Un simple titre, *Bienvenue en Italie*, surmontait cette vision idyllique.

— C'est magnifique, murmura Ma Brown.

Prise d'un doute, Callie fit la grimace.

— Mais peut-être pas très raisonnable.

— Qui parle d'être raisonnable ? À toi l'Italie !

Callie se tourna vers la fenêtre et le sinistre spectacle qu'elle offrait. Comme celle qu'elle avait occupée avec son père, la maison des Brown donnait directement sur la rue. Les passants défilaient, les épaules courbées contre le crachin, en un contraste saisissant avec la promesse de l'encart publicitaire. Fini les chaussettes au lit et l'odeur du diesel, à elle le parfum des citrons fraîchement cueillis ! Presque convaincue, elle étudia de nouveau le magazine, avec ses couleurs si intenses qu'elles paraissaient fausses. La « famille » représentée se composait certainement de mannequins professionnels, mais cette expression de joie, sur leur visage, ne pouvait être feinte.

— L'Italie, murmura Ma Brown d'un air songeur, comme si ces mots avaient le pouvoir de l'y transporter. Il va te falloir des tenues plus appropriées. Mais pas besoin de dépenser des fortunes. Tu trouveras ce qu'il te faut au centre commercial.

— Pas le centre commercial, protesta Rosie. Elle peut se payer quelques tenues de qualité, plutôt que ces trucs qui partent en capilotade au premier lavage.

— Un mélange des deux, alors, concéda sa mère.

Callie les écoutait décider de son destin, amusée. L'idée qui prenait forme dans sa tête ne lui paraissait plus si ridicule. Elle méritait bien une petite parenthèse avant d'entamer le nouveau chapitre de sa vie. Ses gains l'autorisaient à prendre un peu soin d'elle.

— Le soleil, la musique, le vin, poursuivait son amie, le regard rêveur.

Et les Italiens, murmura un petit diable intérieur que Callie fit taire aussitôt. Elle avait toujours été prudente en matière de cœur, par manque de temps d'abord, mais surtout parce qu'elle savait par expérience que les hommes pouvaient se montrer violents.

— Alors, Callie, c'est oui ou c'est non ? L'Italie, ou Blackpool ?

Elle sourit — elle était libre, désormais. Libre d'être

choyée, libre de se payer une jolie robe et de belles chaussures, libre de se maquiller et de s'amuser, si elle en était encore capable. Elle n'avait rien à perdre.

— Italie, me voilà ! lança-t-elle sous les vivats.

2.

Luca, qui venait juste de raccrocher avec Max, se sentait d'humeur massacrante. Son frère n'avait pas perdu de temps. À peine avait-il tourné le dos que ce crétin lui causait déjà des ennuis. Luca savait qu'il aurait dû rentrer au Fabrizio, mais le week-end qu'il passait chaque année dans ses vergers sur la côte amalfitaine était plus important que tout.

Luca remarqua la fille assise au comptoir sitôt qu'il entra dans l'hôtel. Même vue de profil, elle était séduisante. Elle parlait avec Marco, le barman, un grand sourire aux lèvres. Ce faisant, elle regardait les clients entrer dans le grand miroir fixé derrière le bar, comme si elle attendait quelqu'un. Réprimant un pincement de jalousie parfaitement inexplicable, Luca se dirigea vers Marco, qu'il était venu inviter à la traditionnelle fête de lancement de la récolte. Le barman et lui avaient grandi ensemble — le père de Marco travaillait au palais.

Il prit place sur un tabouret et profita de la discussion entre Marco et la fille pour étudier cette dernière de plus près. Ses yeux pétillaient de bonne humeur. Elle était mince, avec juste ce qu'il fallait de courbes, d'une élégance discrète. Sa robe était visiblement coûteuse mais son allure générale la distinguait des femmes exubérantes qu'il appréciait en temps normal et qui pullulaient dans ce genre d'endroit. Ses cheveux roux étaient coupés court — quelque chose lui disait qu'il s'agissait d'un choix pratique plutôt qu'esthétique — tandis que ses yeux verts en amande lui prêtaient une allure exotique. Les taches de rousseur qui saupoudraient ses joues laissaient supposer qu'elle venait d'arriver, d'un coin du monde où le soleil était rare.

Pourquoi consacrait-il tant d'attention à une femme qui ne s'intéressait pas à lui ? se demanda-t-il soudain. Au même instant, elle tourna la tête dans sa direction puis, comme pour le faire mentir, le regarda à son tour avec franchise.

Intéressant…

— Bonjour, lança-t-il.

Il adressa à Marco un regard signifiant qu'il comptait conserver l'anonymat. Sur un clin d'œil, le barman s'éloigna pour servir un client. Luca en profita pour se décaler d'un siège vers l'inconnue, dont le parfum floral l'enveloppa aussitôt.

— Puis-je vous offrir un verre ?

— Je vous connais ? riposta la fille sans se démonter.

Sa question le prit de court, tout comme le ton quelque peu abrasif qu'elle avait employé.

— Je m'appelle Luca, déclara-t-il après quelques secondes.

Il lui tendit une main qu'elle ignora. Deux yeux frangés d'immenses cils l'étudièrent avec suspicion.

— Je ne mords pas, précisa-t-il.

Elle lui prit enfin la main, sans chercher à dissimuler sa réticence.

— Vous êtes pour le moins insistant.

Luca se retint d'éclater de rire. Les femmes, en général, le trouvaient irrésistible. À l'évidence, celle-ci n'était pas tout à fait comme les autres.

— Que voulez-vous boire ?

— Une eau pétillante, s'il vous plaît.

— *Aqua frizzante per la signorina*, fit Luca en se

tournant vers Marco, revenu derrière son bar, *e lo stesso per me, per favore.*

Les verres arrivèrent aussitôt. La jeune femme but en silence, un demi-sourire au coin des lèvres. Elle n'avait pas la moindre idée de son identité, Luca en aurait juré. À ses yeux, il n'était qu'un type comme un autre, un homme qui tentait sa chance dans un bar. Et vu sa méfiance instinctive, les choses n'iraient pas plus loin.

Malgré lui, sa curiosité monta d'un cran. La plupart des femmes qu'il croisait le reconnaissaient aussitôt, et son visage avait fait la une de la presse suite à la mort du prince. De quelle planète venait donc cette mystérieuse inconnue ?

Callie tira sur l'ourlet de sa robe, en un accès de pudeur dont elle fut la première surprise. Elle regrettait de ne pas avoir mis le pantalon d'été que Rosie lui avait fait acheter chez une marque prestigieuse, et qu'elle n'avait pas encore sorti de sa valise. Avec une robe si courte, elle imaginait aisément ce que ce type avait dû penser en la voyant assise seule à ce bar. Comment lui faire comprendre qu'elle n'était pas venue en Italie pour ce genre de vacances ? Elle n'avait pas un instant songé que son aventure commencerait par un prélude si explosif. Elle osait à peine bouger, à présent, de peur que l'ourlet ne remonte encore plus sur ses cuisses.

— Je ne connais toujours pas votre nom.

La voix la balaya telle une vague de velours, nuancée d'un léger accent italien. Elle leva les yeux vers son voisin, le cœur battant. Il la dépassait de deux bonnes têtes et la distance à parcourir lui parut interminable, mais lui permit d'admirer au passage ses épaules athlétiques, son cou puissant, sa mâchoire carrée et ses lèvres sensuelles. L'homme la dévisagea d'un air amusé, comme s'il n'avait rien perdu de l'examen auquel elle venait de le soumettre, et Callie s'empourpra.

— Je m'appelle Callista, dit-elle enfin.

Son voisin hocha la tête, une étincelle dans le regard.

— Ce qui signifie « la plus belle » en grec. Je comprends mieux, maintenant.

— Vraiment ? fit-elle en se concentrant pour ne pas rougir davantage. Et Luca, ça signifie « beau parleur » ?

Il se mit à rire, puis plaqua ses deux mains sur son torse d'un air théâtral.

— Vous me fendez le cœur.

— Je n'y crois pas une seconde, répondit Callie, amusée malgré elle. Je suis sûre qu'il en faut plus que ça pour vous briser le cœur.

— Dites-moi plutôt ce que vous faites seule dans un bar d'hôtel.

— Pas ce que vous croyez.

— Je ne crois rien du tout.

— Et vous, que faites-vous seul dans un bar d'hôtel ?

Il rit de nouveau, révélant des dents que son hâle faisait paraître plus blanches encore.

— Je suis venu parler au barman. Et vous, quelle est votre excuse ?

— Je suis en vacances. Que faites-vous, dans la vie ?

La franchise de sa question sembla prendre l'Italien de court, mais il se ressaisit aussitôt.

— Diverses choses.

— Quel genre de choses ? insista Callie.

— Je suis une sorte de… représentant.

— De représentant ?

— C'est ça.

— Et vous vendez quoi ?

— Un pays. Je fais la promotion de sa culture, de ses richesses, de son peuple.

— Ah, vous êtes donc dans le tourisme.

Il acquiesça, et elle enchaîna :

— Quel pays représentez-vous ?

— Vous restez là longtemps ? voulut savoir son interlocuteur.

Callie le regarda d'un air soupçonneux — difficile de ne pas remarquer qu'il avait éludé sa question. Mais elle ne voyait pas d'inconvénient à lui en révéler un peu plus sur elle.

— Juste une semaine. Pas assez à mon goût.

Une petite voix, celle de la prudence, lui soufflait d'en rester là. Mais cet homme lui plaisait, inutile de le nier. Ses yeux noirs et son sourire lui faisaient courir des frissons dans le dos. Elle n'avait jamais vraiment flirté jusqu'à aujourd'hui, et elle fut surprise de constater que l'exercice ne lui déplaisait pas.

— Vous avez déjà dansé depuis votre arrivée ? s'enquit Luca en haussant un sourcil.

— C'est une proposition ?

— Ça vous plairait que c'en soit une ?

— Désolée, mais non, répondit Callie en tendant la jambe pour lui montrer les escarpins dans lesquels elle avait englouti une fortune sous la pression de Rosie. Impossible de danser avec ça. C'est déjà assez difficile de marcher.

— Vous n'avez qu'à les enlever.

Comme par un fait exprès, un groupe se mit à jouer, sur la terrasse, pour lancer les festivités du soir. *Ce serait si romantique de danser sous les étoiles...* Elle regarda Luca, puis le regretta aussitôt. Ses yeux lui donnaient envie de se déshabiller lentement. Elle frissonna de nouveau, horrifiée. Que lui arrivait-il ? Ce n'était pas le genre d'étincelle coquine dont parlaient les magazines mais une alchimie sexuelle torride, presque animale. Si elle s'embarquait dans une aventure avec cet homme, le plaisir serait au rendez-vous, elle n'en doutait pas un seul instant.

— *Signorina* ?

Rouge comme une pivoine, Callie se força à se concentrer sur l'Italien. Son attitude trahissait une longue expérience de la séduction, et elle prit soudain peur. N'était-il pas temps de se retirer de ce jeu dangereux ? Un jeu qu'il maîtrisait sur le bout des doigts, alors qu'elle était novice ? N'avait-elle pas assez à faire avec cette fichue robe qui menaçait de révéler la couleur de ses sous-vêtements ? Non, vraiment, elle n'avait pas besoin de se compliquer la vie. Il était plus prudent d'ignorer le play-boy dont la cuisse puissante touchait presque la sienne.

— Une autre *aqua frizzante, signorina* ?

Comment parvenait-il à faire sonner une question si plate de manière si sensuelle ?

— Oui, s'il vous plaît, répondit-elle malgré ses bonnes résolutions.

Qu'y avait-il de mal à s'attarder encore un peu ? Elle voulait en savoir plus sur ce type. Et si cela faisait d'elle une femme facile, tant pis ! Elle était venue en Italie pour s'amuser.

Marco remplit un nouveau verre que Luca lui passa. Leurs doigts se frôlèrent quand elle le prit et Callie tressaillit comme si elle s'était brûlée. Une décharge électrique venait de passer entre eux, elle en aurait juré. À l'aide du miroir derrière le bar, elle parcourut la salle pour comparer ses occupants masculins à Luca. Aucun ne lui arrivait à la cheville. Personne ne ressemblait à ce mauvais garçon en jean et chemise nonchalamment ouverte au col, assis d'une fesse seulement sur son tabouret.

— Vous appréciez la vue ?

S'intéressait-il à elle ? se demanda Callie. Il en avait l'air. Peut-être avait-il entendu dire qu'elle avait de l'argent ? Il ne ressemblait pas à un escroc, mais c'était le propre des meilleurs. Après avoir survécu à son père, elle ne comptait pas tomber amoureuse du premier séducteur venu.

Amoureuse ? D'où lui venait une idée pareille ?

— Vous froncez les sourcils, *signorina*, fit valoir son compagnon. J'espère ne pas en être la cause.

— Pas le moins du monde, répliqua Callie avec nervosité.

Cherchant désespérément quelque chose à dire, elle poussa son bol de biscuits d'apéritif vers lui et reprit :

— Vous en voulez un ? Avant que je finisse tout…

L'Italien posa sur elle son regard incandescent. La douce chaleur qu'il avait éveillée au creux de son estomac se transforma en brasier.

— Si vous avez si faim, vous devriez peut-être dîner avec moi.

À ces mots, Callie se raidit. Elle était folle, mais pas à ce point.

— Alors, qu'en dites-vous ? Dîner gastronomique ou biscuits d'apéritif ?

Elle baissa les yeux sur le bol avec embarras — il était presque vide. Au même instant, Luca lui prit la main, geste qui lui arracha un hoquet de surprise. Jamais elle n'avait ressenti une connexion si intense avec un autre être humain. Mais une vive déception l'envahit lorsqu'il se contenta de lui verser le reste du bol dans la paume.

— Profitez bien de votre dîner, *signorina*, dit-il en se levant.

— Vous… Vous partez ?

— Je vais vous manquer ?

— Seulement si le bar est à court de biscuits.

Luca partit d'un rire qui lui fit battre le cœur plus vite, avant de suggérer :

— Vous pourriez venir avec moi.

Et se brûler les ailes avant de s'écraser à terre ?

— Non, merci.

Elle sourit, un peu tristement peut-être, mais avec la certitude d'avoir fait le bon choix. Luca était un véritable aimant, qui l'attirait de ses yeux noirs vers un danger certain.

— Je ne veux pas vous retenir plus longtemps, renchérit-elle d'un ton aimable.

— Vous ne me retenez pas. Je suis là par choix.

Le son de sa voix lui nouait la gorge. Il n'était que charme : son accent, son physique dont la perfection frôlait le cliché, sa carrure athlétique. Chaque fois qu'il la couvait de ce regard puissant, Callie sombrait dans une torpeur sensuelle. Elle s'ébroua pour en sortir.

— *Signorina* ?

Il attendait sa décision, en homme qui n'était pas habitué à se voir refuser quoi que ce soit. Callie mourait d'envie de le suivre, d'abandonner tous ses principes. À quoi bon jouer les filles sages ? Prendre des risques était bien plus amusant. Mais elle savait que, si elle couchait avec lui sur un coup de tête, elle le regretterait.

Tout comme elle regretterait de *ne pas* coucher avec lui. Bref, elle perdait sur tous les tableaux.

— Je préfère rester ici, répondit-elle avec une conviction qu'elle était loin de ressentir.

— Comme vous voudrez. Bonne soirée, alors.

Puis il tourna le dos et s'éloigna sans un regard en arrière. Il n'avait ni suggéré de la revoir, ni demandé son numéro. Callie en déduisit qu'elle avait bien fait de refuser de le suivre.

Après avoir salué Marco, elle descendit à son tour de son tabouret et partit, quelque peu agacée par la frustration qui brûlait dans ses veines. Comment un homme qu'elle ne connaissait pas pouvait-il lui manquer ? En regagnant sa chambre, Callie prit conscience de ce qui n'allait pas : elle n'était pas habituée à ne rien faire. Elle devait s'occuper. Ce voyage, après tout, était censé être une aventure. Elle voulait découvrir l'Italie, son peuple, ses traditions, et ce n'était pas en restant clouée à un tabouret de bar qu'elle y parviendrait. Dès le lendemain, décida-t-elle en se déshabillant, elle trouverait de quoi meubler de manière productive le reste de son séjour. Ainsi occupée, elle oublierait vite l'homme au regard de braise qui refusait obstinément de s'effacer de son esprit.

Sitôt rentré au *palazzo*, Luca appela Marco.

— Qui était cette fille ?

— La *signorina* Callista Smith ? Elle séjourne seule à l'hôtel, si c'est ce que tu veux savoir.

— Je suis donc si transparent ?

Marco éclata de rire avant de répondre :

— Oui.

— Que sais-tu d'autre sur son compte ?

— Juste qu'elle vient du nord de l'Angleterre et que son père est mort récemment. Ce voyage est sa façon de repartir de zéro. En tout cas, c'est comme ça qu'elle me l'a décrit. Je ne sais rien d'autre.

— D'accord. Ça explique pas mal de choses, même si j'en avais deviné certaines.

— Et ?

— Et ça ne te regarde pas, répondit Luca à son vieil ami. Je te vois demain soir pour la fête de lancement de la récolte ?

— Je ne la manquerais pour rien au monde. Mais tu es sûr que tu peux rester ? J'ai entendu dire que Max faisait déjà des siennes au Fabrizio.

— J'ai mis en place des garde-fous pour éviter qu'il ne fasse trop de bêtises.

— Des garde-fous financiers ?

— Exactement. Max bénéficiait d'une pension

généreuse du vivant de son père. Il n'a jamais travaillé de sa vie. Non seulement j'ai maintenu cette pension, mais je l'ai augmentée. Il a donc intérêt à ne pas trop faire de vagues.

— Avant que tu ne poses la question, la *signorina* Smith doit rester encore quelques jours à l'hôtel. J'ai consulté le registre.

— Oh ! tu t'intéresses à elle ?

— Ça te dérangerait ?

Après un rapide examen intérieur, Luca fut surpris de constater que c'était le cas.

— Bas les pattes, Marco. Elle est naïve et innocente. Pas toi.

— Je vois, tu te sens déjà responsable d'elle ? C'est du sérieux, alors.

— Je suis un citoyen responsable, ironisa Luca.

— Très bien, fit son ami en riant. Je suis curieux de voir jusqu'à quel point tu comptes protéger son innocence...

Luca répliqua d'un juron aussi coloré qu'affectueux, rappela l'invitation à son ami, puis raccrocha. Tout cela était-il bien raisonnable ? Il avait un pays à diriger, un frère hors de contrôle à tenir en laisse. Et il devait se trouver une épouse plutôt que de perdre son temps à fantasmer sur une parfaite inconnue. Callista Smith était une ingénue — il espérait presque qu'il ne la recroiserait jamais. Elle devait apprendre les joies du sexe et les dures réalités de la vie avec un homme qui avait du temps à lui consacrer. Lui n'avait pas une seconde à accorder à une fille qui, certes, avait piqué sa curiosité pendant cinq minutes, mais s'avérerait sans doute aussi ennuyeuse et superficielle que les autres au réveil.

L'esprit toujours occupé par Callista Smith, il prit le chemin du centre-ville pour dîner dans son restaurant favori. Il devait passer la journée du lendemain dans ses vergers et il avait besoin de prendre des forces.

— Eh, Luca ! Tu es tout seul ce soir ? s'exclama le patron, qui le connaissait depuis son adolescence et sortit de sa cuisine pour le serrer dans ses bras.

— Malheureusement oui, malgré tous mes efforts. Mais rassure-toi, j'ai de l'appétit pour deux.

— L'appétit, ça n'a jamais été ton problème.

Il avait raison, songea Luca en parcourant du regard les femmes attablées dans le restaurant. Toutes le dévisageaient avec intérêt, mais aucune ne lui plaisait. En tout cas, pas autant que Callista Smith.

Callie ouvrit les yeux sur une matinée ensoleillée. Était-elle la personne la plus ingrate du monde ? Elle logeait dans un hôtel cinq étoiles, mais elle avait l'impression qu'il lui manquait quelque chose. Comment était-ce possible, alors qu'elle était blottie sous des draps soyeux qui fleuraient bon la lavande, vêtue de la nuisette de satin bleu que Rosie l'avait convaincue d'acheter ?

Apparemment, le proverbe disait juste : l'argent ne faisait pas le bonheur. Callie n'aurait pas à s'en soucier très longtemps, de toute façon, car la somme qu'elle avait gagnée fondait à vue d'œil. Sautant à bas de son lit, elle se dirigea vers la fenêtre et l'ouvrit en grand. Une trentaine de mètres en contrebas, la mer léchait les falaises blanches et la plage privée de l'hôtel. Une odeur d'iode, de fleurs et de pain frais flottait dans l'air. Qu'est-ce qui, dans ce cadre de rêve, pouvait bien faire défaut ?

Elle se sentait seule, conclut-elle. Les Brown lui manquaient, ses collègues de travail aussi. Et si prendre soin de son père n'avait pas été de tout repos, cette tâche avait donné un rythme à sa vie. Elle était toujours triste lorsqu'elle pensait à lui, au gâchis qu'avait été son existence entière.

Inutile de s'appesantir sur le sujet. Callie comptait

prendre son existence en main, et c'était exactement ce qu'elle allait faire. Il était hors de question de passer le reste de son séjour à se morfondre ou à discuter avec Marco au bar. Elle ne voulait pas risquer de rencontrer de nouveau Luca, auquel elle ne cessait de penser. Comment un homme pouvait-il avoir un tel effet sur elle ? C'était ridicule. Pourtant, elle ne pouvait s'empêcher de rêver à ses mains sur son corps, ses lèvres contre les siennes. Heureusement, elle avait assez de bon sens pour ne pas chercher à le revoir. Un tel play-boy ne lui promettait que des larmes.

— Service d'étage ! annonça une voix derrière la porte.

Callie se hâta d'aller ouvrir, et sourit à la jeune femme qui se tenait sur le seuil.

— Désolée, je n'ai pas encore libéré la chambre. Je me suis réveillée un peu tard ce matin.

— Oh ! ce n'est pas un problème. Je repasserai.

— Attendez un instant… Vous parlez très bien anglais. Je peux vous demander quelque chose ?

— Bien sûr. Je m'appelle Maria. Que puis-je faire pour vous ?

Maria n'était pas beaucoup plus âgée que Callie. Ses longs cheveux noirs étaient rassemblés en un chignon strict mais la chaleur traditionnelle des Italiens pétillait dans son regard.

— Dites-moi, Maria, si vous vouliez travailler au soleil, où chercheriez-vous ?

— Au soleil ?

— Oui, c'est une denrée plutôt rare dans mon pays.

— Oh. Dans ce cas, pas d'hésitation ! C'est le début de la récolte des citrons et il y a toujours de l'embauche. La propriété du prince, juste en dehors de la ville, recherche justement des saisonniers à cette période de l'année.

— Le prince ? C'est très glamour.

— Il est très sympathique, paraît-il. Il doit l'être, vu que les mêmes travailleurs reviennent chaque année.

— Et vous croyez que je pourrai trouver du travail là-bas ?

— Bien sûr, répondit Maria avec un froncement de sourcils. Mais vous êtes sûre que vous voulez récolter des citrons ?

Callie comprit que sa situation était en apparence étrange. Elle logeait dans un hôtel cinq étoiles et demandait à travailler dans les champs — sans doute la requête la plus fantasque dans l'histoire de ce palace.

— J'ai besoin de changement, expliqua-t-elle laconiquement. Et j'aime le grand air.

— Je comprends. Si j'étais vous, je me ferais embaucher aujourd'hui, histoire de ne pas rater la grande soirée d'ouverture.

— La soirée ?

— Il y a toujours une fête au début de la saison, et une autre à la fin, expliqua Maria. Les citrons du prince sont exportés dans le monde entier mais une partie reste ici et sert à faire l'un des meilleurs limoncello du pays.

— Il est vieux, ce prince ?

— Vieux ? répéta Maria dans un éclat de rire. Vous plaisantez ? C'est un homme jeune et incroyablement séduisant.

Callie avait du mal à envisager qu'un homme aussi séduisant que Luca pût exister dans le monde, encore moins dans la même ville, mais elle garda sa remarque pour elle. Il était de toute façon improbable qu'elle croisât le prince ou qu'elle revît Luca. Elle n'était donc pas en danger.

— Avez-vous besoin d'autre chose, *signorina*… ?

— Appelez-moi Callie. Nous nous reverrons bientôt, je suppose.

— Qui sait, peut-être dans les vergers ?

— J'en serais ravie.

Callie prit sa douche, excitée d'avoir enfin un but. Elle se réjouissait déjà de travailler dans ces mêmes champs qu'elle avait vus en photo quelques semaines auparavant. Elle ne serait plus Callie-des-docks pour très longtemps, mais Callie-des-vergers-de-citrons. Et ce titre ensoleillé, elle devait l'avouer, lui plaisait bien plus.

Luca hissa un panier de citrons à l'arrière du camion, puis s'épongea le front d'un revers de manche. Travailler dur sous un soleil de plomb, entouré de gens qu'il aimait et qui se moquaient complètement de son statut, c'était son idée du bonheur. Max était désormais sous contrôle — il s'était mis au vert après la soirée trop arrosée qui lui avait valu de passer une nuit au poste. Luca avait proposé à Michel, son bras droit et son confident, de rentrer au plus vite, mais ce dernier lui avait répondu de profiter au moins de la fête de ce soir avant de revenir.

Son nouveau rôle était exigeant, mais Luca ne songeait pas à s'en plaindre. Il était au contraire honoré de la confiance que lui avait manifestée son père adoptif. Le seul hic, celui qui le torturait encore et encore, c'était la nécessité de se trouver une épouse. Une femme qui dormirait à ses côtés, une femme qui porterait sa descendance et assurerait l'avenir du Fabrizio.

Les dents serrées, il repensa à Callista. Il voyait mal la jeune femme en princesse soumise, effectuant les yeux fermés son devoir pour le royaume. Débordante de vie, Callista n'accepterait sans doute pas de s'allonger docilement pour le laisser faire sa besogne. Il l'imaginait tout aussi passionnée que lui au lit, tout aussi dominatrice.

Avec un léger sursaut, il s'arracha à ses ruminations. Ce n'était pas en fantasmant sur une fille rencontrée dans un bar qu'il allait régler son problème, et il devait le faire sans tarder. Michel, qui avait longuement servi son père, refusait obstinément de prendre sa retraite tant que Luca n'aurait pas trouvé une épouse.

— J'ai promis au prince de veiller sur toi, avait-il expliqué. Le pays a besoin de se tourner vers l'avenir. Une femme et un héritier ramèneront au sommet de l'État une joie de vivre et une jeunesse bienvenues.

Luca trouverait bientôt une solution, il n'en doutait pas. Son accession au trône avait fait les gros titres, et les prétendantes se présenteraient bientôt aux portes du palais. Il en choisirait une, si du moins il parvenait à oublier un instant Callista. Callista, si jeune, si inexpérimentée… Mais si naturelle, si terre à terre qu'elle promettait le genre de plaisir explosif qu'aucune princesse au monde ne lui offrirait jamais.

Avec un soupir, il empoigna une nouvelle caisse de citrons. « Ton règne sera béni par la venue d'enfants aussi nombreux que les fruits de tes vergers », lui avait annoncé Michel. Une prédiction qui lui faisait froid dans le dos.

Son travail terminé, il fourra ses mains dans les poches arrière de son jean et fit rouler ses épaules, grimaçant en songeant aux dossiers qui l'attendaient sur son bureau. Il les avait parcourus en hâte, ce qui n'avait fait que confirmer ses craintes. Si toutes ces princesses étaient des prétendantes sérieuses, aucune ne l'excitait pour autant.

Que faisait Callista en cet instant ? Il espérait qu'elle n'était pas encore assise dans ce bar. Sans quoi il l'en tirerait sans ménagement et…

Vraiment ? Il sourit, certain de la réaction de la jeune femme s'il s'avisait de la brusquer. Callista n'était pas un mouton. Elle n'accepterait jamais une vie oisive, avec pour seule mission d'assurer sa descendance. Même Michel, diplomate de génie, ne parviendrait pas à l'en convaincre. *Grazie a Dio.* La dernière chose dont il avait besoin, c'était d'une femme qui lui tenait tête. Sa vie était bien assez compliquée comme ça.

Mais une bouffée de plaisir le traversa lorsqu'il imagina Callista dans ses bras. Trouver une épouse convenable, après tout, pouvait bien attendre quelques jours.

Callie étudiait avec fascination l'immense portail qui gardait l'entrée de la propriété princière. Les deux battants, aussi intimidants que dans son imagination, la toisaient de leurs pointes dorées en forme de lances. Des lions de pierre la surveillaient avec méfiance depuis le sommet des poteaux.

— Salut, leur lança-t-elle avec un clin d'œil.

Les lions continuèrent de lui faire la tête.

— Tu parles d'un accueil, marmonna-t-elle.

Était-elle censée entrer par un autre accès ? se demanda soudain Callie. C'était trop tard, elle était là. Puis elle repéra la flèche rouge et se tourna dans la direction qu'elle indiquait. Un boîtier métallique était planté sur le côté, dans les buissons, d'une modernité qui jurait avec le décor environnant. Elle appuya sur le bouton et sursauta lorsqu'une voix aux accents métalliques monta de nulle part.

— *Sollevare la testa, si prega.*

— Je suis désolée, mais je ne parle pas italien.

— Levez la tête, s'il vous plaît, répéta la voix.

Machinalement, Callie fixa le ciel.

— Vers la caméra…

Bien sûr, idiote, ce petit objectif rond en face de toi ! Elle imagina que la personne qui parlait, au bout du fil, devait ricaner.

— Nous prenons une photo pour des raisons de

sécurité. Si vous ne voulez pas entrer, veuillez vous éloigner de la grille.

— Non. Je veux dire, je veux rentrer. Je cherche du travail. Je suis désolée s'il fallait se présenter à une autre porte et…

Elle se tut lorsque les grands battants s'ouvrirent soudain.

— Veuillez vous présenter au contremaître dans la première grange que vous rencontrerez.

— Oui, *signor*, euh, *signora*…

Mais le sexe de la Voix resterait à jamais un mystère. La communication fut coupée et Callie pénétra dans un autre monde. Une immense allée en gravier de marbre blanc et bordée de cyprès conduisait à un *palazzo* rose, assommé par le soleil de midi. Flanquée de tours et de tourelles, la bâtisse semblait droit sortie d'un conte de fées. Des nuages de papillons dérivaient entre les parterres de fleurs, des oiseaux chantaient au passage de Callie. Mais elle ne vit pas la grange dont avait parlé la Voix.

— Eh ! *Per di qua !* Par ici !

Elle se tourna — des saisonniers entrés derrière elle lui faisaient signe. Le groupe s'était arrêté devant un chemin latéral qu'elle n'avait pas vu, à demi dissimulé par la végétation. Callie les rejoignit en hâte et constata qu'absorbée par sa contemplation de ce cadre enchanteur, elle avait manqué un signe pourtant évident : « *Benvenuto ai nostro personale stagionale* ».

Bienvenue à notre personnel saisonnier. L'accueil était plus chaleureux qu'au pub où elle travaillait, avec sa notice enjoignant les employés d'entrer par la porte de service sous peine de licenciement.

Les ramasseurs qui l'avaient attendue se présentèrent à elle, souriants. Vêtue d'un short en jean, d'un haut de coton et de tennis achetées sur un marché local, Callie se fondait parfaitement dans le groupe. Elle était excitée, prête pour l'aventure qui s'annonçait. C'était exactement ce qu'elle avait espéré — quelque chose à raconter aux Brown.

Elle fut ravie d'apprendre qu'elle pouvait commencer aussitôt, et être payée en liquide. Parfait. Elle avait prévu de quitter son hôtel de luxe pour une pension des environs, et de prolonger son séjour avec les économies réalisées. Elle voulait découvrir l'Italie, et le contre-exemple de son père lui avait appris qu'il valait mieux économiser chaque centime. Elle avait goûté au luxe et ne le regrettait pas, mais elle en avait tiré une certaine amertume. Alors qu'ici, parmi les saisonniers, elle se sentait chez elle. Personne ne se donnait des airs. Personne ne se sentait obligé de trébucher sur des talons hauts.

La résidence du prince était presque une petite ville. De la route, une telle activité était insoupçonnable. Des dizaines d'équipes s'activaient dans les vergers, et Callie se jeta à corps perdu dans son nouveau travail, équipée de gants épais et d'un outil pour atteindre les fruits les plus hauts. L'odeur des citrons était enivrante, la camaraderie plus encore. Tout le monde voulait aider les nouveaux venus. La fête du soir était sur toutes les lèvres, le moindre saisonnier y était convié. Callie était au paradis.

Elle s'arrêta un instant pour s'éponger le front et boire une gorgée d'eau, puis passa à l'arbre suivant. Un panier léger autour de la taille, elle y lâchait les citrons un à un. Les paniers pleins étaient ensuite déversés dans des caisses et emportés sur des tracteurs étincelants. Lorsque le soleil sombra enfin dans un crépuscule orangé, Callie avait l'impression d'avoir travaillé là toute sa vie.

Elle s'était même fait une nouvelle amie, une femme gironde du nom d'Anita. Cette dernière venait tous les ans du nord de l'Angleterre pour récolter les citrons et faire provision de soleil en prévision d'un long hiver, selon ses propres mots.

— Je vis toute seule, avait expliqué Anita. Mais ici, j'ai l'impression d'avoir une famille.

Callie lui avait parlé des Brown, sa famille à elle. Puis sa nouvelle amie lui avait montré le chemin du réfectoire. Une nouvelle existence s'offrait à elle si elle avait le courage de la saisir.

La saisir, c'était exactement ce que Callie comptait faire. Elle était épuisée, tous ses muscles protestaient, mais elle ne s'était pas sentie aussi heureuse depuis des années. Pour la première fois depuis longtemps, elle avait l'impression d'être libre.

3.

Son aventure ne faisait que commencer, songea Callie avec excitation. Anita l'avait conduite jusqu'à l'une des nombreuses cours intérieures du palais, celle où la fête devait avoir lieu. Elle ne pouvait s'empêcher de jeter des regards curieux vers les fenêtres éclairées de la demeure, dans l'espoir d'apercevoir le prince. Mais comme personne ne ressemblait à un prince, et qu'aucun murmure d'excitation ne parcourait la foule, elle en déduisit qu'il était absent.

Anita et elle acceptèrent un verre de limoncello d'un serveur, puis discutèrent joyeusement. Après quelques instants, Callie sentit un frisson entre ses omoplates, un besoin impérieux de se retourner. Elle hoqueta à la vue de l'homme qui se tenait dans un coin de la cour.

— Luca !

— Tu connais quelqu'un ? s'enquit Anita.

— En quelque sorte. Lui, là-bas.

Une petite foule entourait l'Italien — elle ne voyait maintenant plus que le sommet de sa tête. L'intérêt qu'il suscitait n'étonnait pas Callie. C'était ce même magnétisme qui l'avait attirée.

— Il ne m'avait pas dit qu'il travaillait ici.

Anita se mit à rire.

— C'est un régulier, annonça-t-elle d'un air réjoui. Ça va ? Tu fais une drôle de tête.

— Très bien, merci.

C'était un mensonge éhonté. Luca se tourna vers elle au même instant, la forçant à poser son verre et à croiser les bras pour cacher son excitation. Il soutint son regard malgré la distance, malgré la foule, comme s'ils étaient seuls au monde.

— Oh-oh, murmura Anita. Il vient vers toi. Je crois que tu vas avoir une surprise. Quant à moi, il est temps que je m'éclipse.

— Non, Anita, reste…

Trop tard. Avec un énigmatique clin d'œil, son amie se fondit dans la foule. Luca se planta devant Callie, une bouteille de bière à la main et un grand sourire aux lèvres. Elle ne put s'empêcher de sourire en retour, en dépit de la petite voix qui lui soufflait de fuir. Cet homme devait manger de la viande crue et des vierges comme elle au petit déjeuner. Mais elle n'avait jamais reculé devant un défi et elle ne comptait pas commencer aujourd'hui.

Luca, ce soir, était plus séduisant que jamais, vêtu d'un T-shirt blanc qui faisait ressortir son teint hâlé. Avec ses cheveux en bataille et le début de barbe qui ombrait ses joues, il était irrésistible. C'était exactement le genre de type à éviter lorsque, comme elle, on aspirait à une vie tranquille.

Allons, où est ton sens de l'aventure ? Ce n'est pas pour ça que tu es venue ?

Du revers du bras, Luca essuya une tache sur son front et lui sourit de plus belle. Derrière lui, un feu de joie accentuait son apparence d'ange déchu, tout juste tombé sur terre dans un déluge d'étincelles pour semer la zizanie dans les cœurs.

— Bonsoir, fit-elle avec toute la décontraction dont elle était capable.

— *Signorina* Callista Smith, répliqua-t-il. Quelle agréable surprise.

— Vous connaissez mon nom de famille ?

Il avait dû le demander à Marco — elle n'était pas très sûre de ce qu'elle ressentait à cette idée.

— Que voulez-vous, vous avez piqué ma curiosité.

Il exécuta une courbette moqueuse, et Callie remarqua que de nombreux regards étaient braqués sur eux. Luca devait être connu comme le loup blanc, sans doute parce qu'il séduisait sans vergogne les nouvelles recrues.

Elle fit de son mieux pour éviter ses yeux et se concentrer sur une partie moins risquée de son anatomie. Mais laquelle ? Le torse puissant qui gonflait son T-shirt ? Ses biceps saillants ? La protubérance que moulait un jean porté sur les hanches ?

Bon sang, elle était en train de perdre pied. C'était à peine leur deuxième rencontre, elle devait se ressaisir sous peine de se ridiculiser. Contre son instinct initial, elle remonta donc vers son visage et se força à le fixer. Luca ne se privait pas de la regarder *elle*, après tout.

— Ravi de vous voir à cette fête, murmura-t-il avec ce demi-sourire qui la troublait tant. J'espère qu'on y sert des biscuits d'apéritif.

Callie pouffa. Sa chaleur l'enveloppait, sensuelle et rassurante. Et cette voix ! Du chocolat fondant, du velours contre sa peau. Elle lui donnait envie de plaisirs dont l'Italien, elle en était sûre, était expert. Sa haute taille bloquait la lumière, un détail symbolique qui aurait dû l'inciter à se méfier.

— Vous êtes venu seul ? questionna-t-elle pour meubler le silence.

— Oui.

— Et… personne ne vous attend à la maison ? poursuivit Callie de son ton le plus détaché.

— Mes chiens, mes chats et mes chevaux.

— Je crois que vous avez compris ce que je voulais dire.

Son compagnon la fixa avec un sourire en coin, sourcil levé.

— Vous soumettez souvent les gens que vous rencontrez à un interrogatoire ?

Quand ils vous ressemblent, songea Callie.

— Ça dépend.

— Qu'est-ce qui me vaut de passer à la casserole ?

— Vous avez combien de temps devant vous ?

Il éclata de rire, et elle reprit d'un ton plus sérieux :

— Je ne m'attendais pas à vous voir ici, c'est tout. Je suis juste surprise.

— J'espère que c'est une agréable surprise ?

— Bien sûr.

— Quelle politesse. C'est admirable.

— J'essaie de faire preuve de tact, confessa Callie. Parce que en réalité, je suis plutôt brute de décoffrage.

— Brute de décoffrage, ça me va très bien. Laissez-vous aller.

— Vous êtes marié ? demanda-t-elle puisqu'il l'y encourageait. En couple ?

— Je vois que vous ne plaisantiez pas. Vous êtes *vraiment* directe.

— Oui. Avant de poursuivre cette discussion, je voudrais avoir une idée de son contexte.

— J'ai l'air marié ?

— C'est ce que j'appelle une non-réponse, déclara Callie en tournant les talons.

Vif comme l'éclair, Luca la retint par le bras. Comme toutes les fois qu'il la touchait, elle eut l'impression qu'un tison incandescent venait de la brûler. Il la relâcha aussitôt, comme s'il l'avait senti lui aussi.

— Je suis sans attaches. Célibataire. Est-ce que ça satisfait vos exigences morales ?

— Tout à fait. Je voulais juste m'assurer que ma boussole pointait bien vers le nord.

— Vous êtes une femme étonnante, Callista Smith.

— Appelez-moi Callie. Et si vous me trouvez étonnante, vous n'avez pas dû beaucoup sortir de chez vous.

Il éclata de rire une nouvelle fois, de cette voix grave et suave qui donnait envie à Callie de le provoquer jusqu'au bout de la nuit. L'atmosphère, entre eux, était électrique. Et si elle avait longtemps fantasmé de rencontrer un tel homme, tandis qu'elle briquait à genoux le sol du pub où elle travaillait, elle faisait tout de même la différence entre rêve et réalité. Dans la réalité, les coups portaient, les cœurs se brisaient pour de bon. La sagesse lui commandait d'en rester là. D'abandonner ce chasseur né qui avait la mine satisfaite de celui qui vient de trouver sa proie.

— Je m'apprêtais à rentrer, annonça-t-elle, jetant un coup d'œil en direction de la sortie.

— Déjà ? Vous ne vous amusez pas ?

Au contraire. Je m'amuse trop.

— Si, c'est une très belle soirée.

À quoi bon mentir sur ce point ? La nourriture était délicieuse, un groupe de jazz jouait sous les étoiles dans le parfum lourd des hespérides. Et il y avait Luca, bien sûr. C'était une nuit magnifique.

— Mais ?

— Mais je dois travailler demain.

— Moi aussi, fit valoir son compagnon.

— Vous me compliquez la tâche, marmonna-t-elle.

Luca l'empêchait aussi de respirer normalement, détail qu'elle se garda de préciser.

— Après l'effort, le réconfort. Vous avez travaillé dur aujourd'hui. Vous méritez de vous détendre un peu.

Callie, qui savait exactement quel genre de « détente » il avait en tête, ne put s'empêcher de rougir. L'immobilité de Luca évoquait un prédateur sur le point de bondir.

Jamais elle n'avait eu à ce point besoin d'une douche glacée.

— Eh, Luca !

Ils pivotèrent de concert — Marco approchait à grands pas. La tension retomba pendant que les deux hommes se saluaient d'une accolade, mais le répit fut de courte durée. Marco repartit bientôt à la recherche d'un verre, et Callie se retrouva de nouveau seule avec la tentation personnifiée.

— Vous êtes toujours là ? ironisa Luca.

— J'attendais de pouvoir vous souhaiter une bonne soirée.

— Ah.

La croyait-il ? Ou se rendait-il compte qu'elle était prisonnière, lapin pris dans le faisceau aveuglant de sa virilité ?

— Parlez-moi de vous, mystérieuse inconnue. Que faites-vous ici ? Vous logez dans un hôtel cinq étoiles mais vous travaillez dans les vergers de citrons.

— Qu'y a-t-il de mal à cela ?

— Oh ! rien du tout.

— Bien. Maintenant que la question est réglée, je vais vous souhaiter bonne nuit.

Au crédit de Luca, il fit un pas de côté sans la questionner davantage. Mais au moment où elle le dépassait, il leva la main pour pousser une mèche rousse qui lui tombait dans les yeux. Callie sursauta, puis posa sur lui un regard incertain.

— Restez encore un peu, susurra-t-il. Ce serait plus agréable.

C'était justement ce qu'elle redoutait !

— Je suis censée être flattée par cette suggestion ? répliqua-t-elle froidement.

— Non. Vous devriez être sur vos gardes.

Surprise par sa franchise, elle partit d'un rire incrédule.

— Il y a des types dangereux dans cette soirée ? Des hommes dont je devrais me méfier ?

— S'il y en a, ils ne vous approcheront pas, je vous le garantis.

— C'est vous qui m'en protégerez ? Vous n'avez pas mieux à faire ?

— Je croyais que vous partiez ?

— Oh ! je pars.

Luca ne cacha pas sa surprise lorsque Callie le dépassa et s'éloigna. Parfait, il appréciait le défi. Tout comme il appréciait le balancement de ses hanches quand elle marchait, son regard franc, son absence totale de déférence à son égard. Elle ignorait totalement qui il était — il en était désormais certain.

Callie Smith était une bouffée d'air frais. Elle ne ressemblait à aucune des femmes qu'il fréquentait habituellement. Pas la moindre d'entre elles n'aurait accepté de travailler dans un verger. Callie, elle, semblait passer sans sourciller du confort d'un cinq-étoiles à un champ écrasé de soleil. Oui, elle l'intriguait.

Après sa journée de travail, elle était plus séduisante encore qu'au bar où il l'avait rencontrée. Elle avait de la terre séchée sur la nuque, et Luca s'imaginait déjà la lui ôter du bout de la langue. Bon sang, s'il ne cessait pas de penser à ce genre de choses, il allait bientôt devoir troquer son jean contre un pantalon de kevlar.

Avant de la persuader de coucher avec lui, il devait tout de même éclaircir certains points. Pourquoi cueillait-elle des citrons pour quelques euros par jour alors qu'elle logeait dans un hôtel de luxe ? Que cherchait-elle ? Une expérience nouvelle ? Et qui la finançait ? Il ne voulait pas se jeter tête baissée dans un piège fomenté par Max pour le discréditer, et livrer le pays aux manigances de son frère. Il était temps d'en apprendre davantage.

Callie s'était arrêtée un peu plus loin pour saluer un

petit groupe de cueilleurs, qui s'éparpillèrent respectueusement à son approche.

— Où vont-ils ? demanda-t-elle avec stupeur.

À l'évidence, elle n'était guère habituée aux interactions d'un prince avec son peuple.

— C'est à croire que vous êtes pestiféré, reprit-elle avec son insolence habituelle. Je suis peut-être la seule à ne pas le savoir.

— J'espère que ce n'est pas si grave, répliqua Luca.

Son impertinence l'amusait de plus en plus — c'était une qualité inexistante dans son monde. Cette fille lui plaisait, inutile de le nier. Elle irradiait une sensualité innée, animale. Il n'était que trop facile de l'imaginer nue, son beau visage marqué par le plaisir.

— Vous voulez danser ? proposa-t-il, luttant de toutes ses forces contre ses bas instincts.

— Sûrement pas.

C'était du Callie pur jus, et Luca feignit d'en être blessé.

— Pourquoi pas ?

— Parce que j'ai deux pieds gauche.

— Hum. Je vous guiderai. Je vous apprendrai à vous détendre, à faire durer le plaisir pour mieux apprécier la musique jusqu'à la dernière note.

Callie s'empourpra — elle avait parfaitement saisi le sous-entendu. Mais elle redressa le menton.

— Vous devez porter des chaussures de chantier pour faire preuve d'une telle confiance. Malgré cette proposition tentante, je vais devoir refuser.

Mais Luca n'en avait pas fini, et il la retint par le bras lorsqu'elle fit mine de tourner les talons. Coupée dans son élan, la jeune femme pivota et s'affaissa contre lui. Sourcils froncés, elle leva les yeux sur lui.

— Surtout, ne vous gênez pas.

Elle ne fit pas pour autant mine de le repousser, nota Luca avec satisfaction. Elle paraissait minuscule contre lui, et il fut pris d'une soudaine envie de la protéger. De quoi, il n'aurait su le dire.

— Si vous voulez partir, je ne vous retiens pas.

— Vous êtes un homme des cavernes.

— Et vous, vous êtes bizarre.

Les lèvres de Callie flottaient à quelques centimètres des siennes à peine. Un violent désir explosa dans ses veines, qu'il ne contrôla qu'à grand-peine.

— Moi, bizarre ?

— Vous êtes très... traditionnelle.

Elle parut y réfléchir, puis hocha la tête.

— La tradition, c'est important. Il faut bien que quelqu'un entretienne les vieilles valeurs.

Elle avait raison, c'était d'ailleurs son propre rôle, songea Luca. Il observa sa bouche si sensuelle, si gourmande qu'il aurait pu s'en repaître pendant des heures.

— Parlez-moi, murmura-t-il.

— De quoi ?

Il s'en moquait — il voulait juste voir ses lèvres s'animer.

— Je ne sais pas.

— C'est mal parti, comme conversation.

— Alors dansons.

— Encore ? Vous ne renoncez jamais ?

Mais elle ne résista pas quand Luca l'entraîna vers la piste, où un espace naturel parut se libérer à leur approche. Callie vit les invités s'écarter, un fait qu'elle attribua à la beauté magnétique de son compagnon. Pourquoi l'avait-il choisie *elle* pour danser, elle n'en avait pas la moindre idée, d'autant qu'elle ne lui avait pas facilité la tâche.

Lorsqu'il se pencha pour l'embrasser dans le cou, elle décida qu'elle se moquait du pourquoi. Pour être honnête, en cet instant, elle se moquait du reste du monde.

4.

Risque contre plaisir, songeait Callie, les yeux perdus dans ceux de Luca. Ce simple échange de regards suffisait à enflammer ses sens mais elle décida qu'une danse, une seule, ne la mettrait pas en danger. Elle réprima l'envie de se serrer plus étroitement contre lui lorsque Luca glissa une main dans son dos, et s'efforça de maintenir une distance respectable entre eux. Les autres couples s'étaient écartés pour leur faire de la place, ils n'avaient donc pas la moindre raison de se coller l'un à l'autre. Pas la moindre raison, à part l'alchimie sexuelle qui embrasait l'atmosphère…

Callie ne tarda pas à s'apercevoir — et à s'étonner — de la popularité de Luca. De nombreux regards étaient braqués sur eux, accompagnés de sourires entendus. Une certaine excitation régnait dans l'air et elle se demanda si le prince ne venait pas d'arriver. Elle regarda autour d'elle, mais elle ignorait à quoi il ressemblait et elle était bien incapable de l'identifier. Les autres invités devaient simplement se demander comment elle avait pu retenir l'attention d'un homme aussi sexy que Luca.

Réprimant l'étrange sensation que quelque chose n'allait pas, elle se concentra sur son compagnon. Danser avec lui s'apparentait à un sport extrême. La musique et ses rythmes les avaient rapprochés, seul un filet d'air se glissait encore entre eux. Callie ne voyait qu'une activité plus intime : faire l'amour !

Non, elle ne devait surtout pas penser à ce genre de chose. Elle avait accepté une danse, une seule, puis elle rentrerait. Garder le contrôle de la situation, voilà son mot d'ordre. Ni trop proche ni trop distante. Bien sûr, un diablotin perché sur son épaule lui soufflait d'abandonner toute prudence, de profiter de la vie *maintenant*. Elle n'était plus une bonniche qui nettoyait un pub à genoux mais une aventurière au teint bruni par le soleil.

Elle se força à se détendre, consciente de la tension qui lui raidissait la nuque. Luca avait raison : il était facile de danser avec lui. Quand elle était dans ses bras, son corps savait quoi faire, ses pieds où se placer. Elle bougeait instinctivement. Luca était doué, elle devait le reconnaître. Sous ses dehors rugueux, c'était un séducteur né, capable d'une douceur surprenante. Elle ne devait pas l'oublier.

Malgré ses bonnes résolutions, il était difficile de ne pas être troublée. Jamais Callie n'avait joué un tel jeu, et sa propre audace l'enivrait en même temps qu'elle l'effrayait. Était-ce son cœur qui cognait si fort ? L'Italien était d'une telle virilité qu'elle peinait à aligner deux idées cohérentes. Elle mourait d'envie de glisser les doigts dans ses cheveux, d'explorer son corps. De sentir ses joues sombres lui râper la peau, d'obéir aux muettes injonctions de ses lèvres tandis que ses mains puissantes la…

Non ! Elle devait partir, et vite.

Elle n'en fit rien.

Soudain, le bourdonnement d'un drone se fit entendre au-dessus de leur tête.

— Ils surveillent simplement la foule, expliqua Luca, suivant son regard curieux.

— Comme si nous étions importants… Je suppose que le prince est dans les parages.

— C'est possible.

Une étincelle amusée pétillait dans le regard de l'Italien, et Callie pouffa.

— Je dois vous paraître un peu naïve… Mais vous êtes habitué à tout ça, puisque ce n'est pas votre première saison. Pour moi, tout est nouveau, incroyablement exotique.

— Ne vous y trompez pas, j'apprécie votre candeur. Parlez-moi de l'endroit d'où vous venez.

— C'est une petite ville portuaire du nord de l'Angleterre, rien de très excitant.

— Continuez.

Callie accueillit ce retour à la réalité avec soulagement. C'était exactement ce dont elle avait besoin, l'antidote parfait aux larges mains qui reposaient sur sa taille et faisaient courir des frémissements langoureux sur son corps. Mais comment expliquer à un homme qui vivait dans l'un des plus beaux pays du monde ce qu'était sa vie ? Le mieux, c'était de s'en tenir à la vérité.

— J'ai beaucoup de chance. J'ai des voisins adorables, un travail, des amis merveilleux.

— Donc, vous vivez seule ?

Il était difficile de se concentrer, plaquée ainsi contre lui, mais elle se força à répondre :

— Je vivais avec mon père. Il est mort, juste avant ce voyage.

— Je suis navré de l'apprendre.

— Il a été tué dans une bagarre entre ivrognes, murmura-t-elle, presque malgré elle.

Comme chaque fois qu'elle évoquait son père, une bouffée de culpabilité envahit Callie. Elle savait bien, pourtant, qu'elle n'aurait rien pu faire pour lui. Elle avait essayé plus d'une fois de l'aider, en vain.

Parce qu'elle ne voulait pas donner l'impression à Luca qu'elle cherchait sa pitié, elle se força à sourire.

— Que voulez-vous, la vie continue !

— Et maintenant, vous déployez vos ailes.

Callie sourit en repensant aux premiers jours qu'elle avait passés en Italie.

— J'essaie des choses nouvelles. Et je dois avouer que j'adore ce pays. La chaleur de ses habitants, le soleil, sans parler de cette soirée… Quand je pense que je travaille pour un prince ! J'ai l'impression d'être libre pour la première fois de ma vie.

Redoutant de s'être trop confiée, elle rougit et ajouta :

— Désolée. Je vous raconte ma vie.

— C'est moi qui vous l'ai demandé. Continuez, ça m'intéresse.

Callie s'exécuta, tout en prenant soin d'omettre le mot « aventure » de son récit. Elle ne voulait surtout pas qu'il se fasse des idées. La musique continuait, Luca avait resserré son étreinte, et elle se surprit à se livrer sans retenue. Elle évoqua l'esprit de camaraderie qui régnait dans sa petite ville, dans le pub où elle travaillait, mais aussi la violence qui menaçait d'éclater dès que quelqu'un avait bu — c'est-à-dire tous les soirs.

— *Dio*, Callie, comment votre père a-t-il pu vous laisser travailler là-bas ?

— Personne ne m'a donné la permission. C'est un travail honnête. Et bien payé, ajouta-t-elle en riant. Ils n'ont pas le choix, s'ils veulent garder leurs employés dans un tel endroit.

Luca ne parut pas le moins du monde amusé par sa remarque.

— C'est effroyable.

— Nous avions besoin d'argent, soupira Callie. C'est aussi simple que cela. Je n'avais pas exactement l'embarras du choix.

Luca était un Italien pur souche, se rappela-t-elle, sans doute très protecteur. Mais derrière cette façade macho, elle devinait une douceur surprenante. Elle se laissa aller contre lui en soupirant — elle ne s'était jamais sentie aussi en sécurité.

— Vous êtes bonne danseuse, remarqua-t-il.

— Parce que vous me portez à moitié !

Il n'y avait plus, désormais, le moindre espace entre leurs corps. Ils se touchaient, se frottaient au gré de la musique, et Callie n'était pas loin d'oublier toutes ses bonnes résolutions. Elle aspirait à une fusion plus complète encore avec cet homme qui ne ressemblait à aucun autre.

Comme s'il avait lu dans ses pensées, il se pencha vers elle et souffla :

— Vous ne trouvez pas que nous avons assez dansé ?

Callie se perdit dans les profondeurs de son regard, et s'y serait sans doute noyée sans le drone qui revint les survoler au même instant.

— Si le type qui contrôle cet engin s'intéresse tant que ça à nous, pourquoi ne vient-il pas nous voir en personne ? maugréa-t-elle.

— Je doute que nous soyons les seuls à l'intéresser.

— Vous croyez que ce drone signifie que le prince est là ?

— C'est possible.

— Je ne l'ai pas encore vu, et vous ? Vous êtes un habitué du lieu, après tout. Vous avez dû le rencontrer.

— Je suis vexé, déclara Luca avec un sourire qui démentait ses propos. Vous n'arrêtez pas de parler du prince.

— Parce que je n'en ai jamais rencontré. Ça me fera quelque chose à raconter à mon retour.

— Et moi, alors ?

— Si vous cherchez les compliments, vous perdez votre temps.

Dans un grand éclat de rire, Luca la prit dans ses bras.

— Posez-moi tout de suite ! s'exclama Callie.

— N'y comptez pas. Vous ne voulez pas savoir jusqu'où cette aventure peut mener ?

— Je le sais exactement, j'espère donc que vous plaisantez. Qu'une chose soit claire : ce soir, je dormirai seule.

Luca ne la reposa pas pour autant. D'un pas déterminé, il traversa la cour. La foule s'ouvrait devant eux comme la mer Rouge. Callie savait qu'elle aurait dû lutter, se débattre, mais c'était une nuit magique, et le moment l'était plus encore.

Ses sens s'emballèrent lorsque Luca déposa un baiser au creux de son cou. La tentation de mener l'aventure à son terme, comme il le suggérait, était forte. Mais elle reprit ses esprits au moment où ils s'apprêtaient à quitter la cour.

— Je dois y aller, maintenant. Assez joué.

Avec un soupir, son compagnon la remit sur ses pieds.

— Vous ne devez rien du tout. Restez.

— Vous êtes à ce point décidé à me corrompre ?

— Vous corrompre ? répéta Luca d'un air moqueur. Je ne ferais jamais une chose pareille. Venez par là.

Sans attendre de réponse, il la prit par le bras et l'entraîna vers les jardins du palais. Callie était la proie d'une excitation croissante, presque irrésistible. N'était-ce pas ce dont elle avait rêvé en organisant ce voyage ? Un festival d'imprévu, de spontanéité ?

— Où m'emmenez-vous ? l'interrogea-t-elle lorsque Luca poussa un portail qui menait aux vergers.

— Patience…

Ils marchèrent quelques minutes encore, jusqu'à une rivière qui serpentait, ruban d'argent sous la pleine lune, au beau milieu des arbres fruitiers. Callie se força à sourire, mais il en fallait davantage pour tromper Luca.

— Qu'est-ce qui ne va pas ? demanda-t-il aussitôt.

— Tout va très bien.

Si elle exceptait, bien entendu, son désir de vivre

d'autres nuits comme celle-ci. L'herbe était tendre et fraîche sous ses pieds, le ciel piqué de millions d'étoiles. C'était le cadre parfait, la nuit parfaite, l'homme parfait. Sans réfléchir, elle lui prit la main.

Sans se faire prier, Luca l'attira contre lui pour l'embrasser. Ses yeux, ses mains chamboulaient Callie, lui laissaient espérer une communion plus intense encore. Sa force la bouleversait, son parfum l'enivrait. Tout en Luca lui plaisait. C'était un homme de la terre, généreux, un homme qui se servait de son corps comme de son esprit. Il était drôle, charmant et d'une loyauté à toute épreuve, ainsi que le prouvait sa réticence à lui révéler l'identité du prince.

Il était impossible, désormais, d'arrêter le train en marche. Callie était une femme de chair et de sang, animée de désirs contre lesquels elle n'avait pas de raison de lutter. Une petite voix lui soufflait de faire confiance à Luca. Avec lui, elle n'avait rien à craindre. Il était... différent. Il ne ressemblait pas aux autres hommes, même si elle aurait été en peine d'expliquer pourquoi.

Et c'était justement ce qui lui faisait peur : si Luca avait l'air de contrôler la situation, Callie avait le sentiment de perdre pied, de sombrer dans une douce folie. Tout était inédit, les sensations qui traversaient son corps, son envie brutale de fusionner avec cet homme et de se livrer à lui sans retenue.

— J'ai envie de vous, murmura-t-elle, abandonnant toute prudence.

Luca savait qu'elle était à l'agonie — il en était responsable. Il se contenta de sourire, en prédateur sûr que sa proie ne pouvait plus lui échapper. Cette assurance crâne, au lieu d'irriter Callie, ne fit qu'accentuer son effervescence.

— Enlevez ça, ordonna-t-elle en tirant sur sa chemise. Le reste aussi d'ailleurs.

Une lueur amusée éclata dans les yeux sombres de l'Italien.

— Vous d'abord, répliqua-t-il. Donnant-donnant.

Ainsi, le jeu commença — un jeu qui ne pouvait aboutir qu'à une seule conclusion. Sans le quitter des yeux, Callie déboutonna son haut. Elle prit tout son temps, laissant la tension croître entre eux. À elle de le faire attendre, à présent. Après presque une minute, elle laissa tomber le vêtement.

— Vous portez un soutien-gorge, remarqua Luca avec un froncement de sourcils. Nous aurions dû définir les règles de ce jeu avant de commencer. Enlevez aussi vos sandales, sinon ce n'est pas juste.

Sans hésiter, Callie les envoya valser.

— Voilà. À votre tour, maintenant. Votre chemise.

— Vous êtes certaine que c'est ce que vous voulez ?

— Absolument certaine. Je n'ai pas l'intention de changer d'avis, alors ne perdez pas de temps à discuter. À moins que ce ne soit vous qui préfériez en rester là ? Si vous ne souhaitez pas…

— Oh ! je le souhaite très fort, n'en doutez pas.

Ils continuèrent de se déshabiller à tour de rôle, en silence. Luca risquait fort de gagner à ce jeu, songea Callie, les joues brûlantes. Comment réagirait-il lorsqu'il la verrait nue ? Il la comparerait sans doute aux nombreuses autres qui l'avaient précédée. Et un homme tel que lui devait attirer les plus belles femmes de la planète. Un accès de timidité s'empara d'elle, mais elle le repoussa fermement et se concentra sur les doigts bruns de son compagnon, occupés à déboutonner son jean.

Callie rougit plus furieusement encore lorsque son pantalon tomba à terre, révélant une magnifique érection. Bien sûr. Elle aurait dû prévoir qu'il ne portait rien sous son jean. Mais elle redressa le menton, s'efforçant de ne pas regarder… *là*.

— À vous, déclara-t-il sans manifester la moindre pudeur.

— Les règles du jeu stipulent que…

Elle hoqueta lorsque Luca l'attira soudain contre lui.

— Au diable les règles, souffla-t-il, les lèvres au creux de son cou.

— Oh…

Instinctivement, Callie frotta son bassin contre le sien. Elle voulait davantage qu'un simple baiser. Elle voulait *tout*, et elle le voulait maintenant.

— Pas si vite, gronda Luca. Je vois qu'il va falloir vous enseigner certaines choses.

— D'accord. Apprenez-moi.

L'Italien se mit à rire, puis dégrafa son soutien-gorge d'une main habile.

— Jolis sous-vêtements, observa-t-il en connaisseur.

Maintenant, c'était certain, il allait se faire des idées. Encouragée par Rosie, Callie avait choisi des sous-vêtements particulièrement affriolants. Mais entre les acheter dans un grand magasin sans personne alentour et s'exhiber devant un homme, il y avait un fossé. Son string et son soutien-gorge, d'une marque réputée, étaient faits d'une mousse de tulle rose ourlée de dentelle aigue-marine. Autant dire que ce n'était pas du tout ce qu'elle portait en temps normal pour aller travailler. Dieu seul savait ce que Luca allait imaginer.

— Vous êtes sublime, murmura-t-il, la rassurant et la désarmant tout à la fois.

— Vraiment ?

— Si vous en doutez, il n'y a qu'un seul moyen de vous en convaincre…

Il l'embrassa de nouveau. Cette fois, la nature de son baiser avait changé. Il n'était plus taquin mais lourd d'une émotion qu'elle peinait à identifier, une émotion qui la rendait heureuse et triste, excitée et confuse à la fois. Le paradoxe n'était pas difficile à comprendre. Elle était heureuse d'être avec lui, triste parce que cette histoire ne pouvait pas durer. Et si Luca l'excitait, elle redoutait de tout gâcher par manque d'expérience.

— Arrêtez, murmura-t-il contre ses lèvres. Arrêtez de réfléchir et suivez votre instinct, Callie.

Son instinct lui soufflait de se frotter à cet homme, d'enserrer sa taille avec ses jambes pour soulager au plus vite le désir lancinant qui pulsait au creux de son ventre. Comme s'il avait lu dans ses pensées, Luca l'allongea dans l'herbe fraîche et explora son corps du bout des lèvres. Le ruisseau babillait à quelques mètres à peine, les feuilles bruissaient au-dessus de leur tête, mais Callie avait l'impression d'avoir basculé dans un autre monde. Tout y était plus intense. Ses sens décuplés enregistraient le moindre détail, le parfum boisé de son compagnon, la texture de son torse sous ses seins. Elle brûlait de désir, et eut un moment d'appréhension lorsqu'il récupéra son jean pour en tirer un petit carré d'aluminium. Dieu merci, il pensait à les protéger. Dans son état, Callie oubliait toute prudence.

Elle geignit quand il se pencha pour taquiner chacun de ses seins du bout des lèvres. Son corps s'arc-bouta en un appel muet, et elle agrippa les épaules de Luca comme un rocher en pleine tempête. Répondant à sa supplique, il prit place entre ses jambes et s'allongea sur elle. Son poids arracha à Callie un hoquet de stupeur — et suscita un moment de panique. Était-ce vraiment ce qu'elle voulait ? Mais il n'était plus question de reculer.

— Tout va bien, souffla son compagnon comme s'il avait perçu son indécision.

— Ce n'est pas moi qui dirai le contraire ! répondit-elle avec un entrain un peu forcé.

— Sérieusement. Détendez-vous. Tout va bien se passer, j'y veillerai.

Callie vit dans son regard qu'il était sincère. Ses doutes s'envolèrent et son désir reprit le dessus, mâtiné d'incertitude. Qu'aimait-il, dans ces moments-là ? Elle avait si peu d'expérience en matière de sexe qu'elle voulait éviter tout faux pas.

— Vous me faites confiance ? souffla-t-il contre ses lèvres.

— Oui, répondit-elle sans avoir besoin de réfléchir.

Sa main glissa entre leurs corps, se perdit dans ses cuisses moites.

— Oh… C'est… C'est…

— Bon, susurra-t-il. C'est le mot que vous cherchez, je crois ?

Callie répondit d'un souffle saccadé, et parvint enfin à articuler :

— C'est plus que ça…

— Vous en voulez encore ? murmura Luca.

Ses doigts poursuivaient leur danse au creux de son être, avec une habileté consommée. Il savait exactement quoi faire, où, comment, à quelle vitesse. Il savait quand s'arrêter, accélérer, quelle pression exercer.

Il glissa un doigt en elle, puis deux, pénétrant sans effort le fourreau soyeux de son sexe. Les sensations étaient moins intenses que lorsqu'il caressait son clitoris, mais pas moins excitantes. Du bassin, elle accentua cette douce invasion, encore et encore, jusqu'au moment où, sans crier gare, il s'arrêta.

— Non ! protesta-t-elle. Encore !

— Avec plaisir…

D'une seule poussée, il fut en elle. Callie le dévisagea avec une stupeur muette, d'abord incapable de dire si elle aimait cela. Puis ses nerfs se ranimèrent, un par un, lui firent prendre conscience du faisceau marmoréen qui, pour la première fois de sa vie, lui donnait l'impression d'être entière.

— Oui, soupira-t-elle. Oh oui…

Luca amorça un lent va-et-vient en elle, puis pressa l'allure. La bulle de plaisir que Callie sentait enfler dans son ventre explosa soudain, balayant tout sur son passage. Une lumière aveuglante chassa la nuit. Elle entendit quelqu'un crier — elle, peut-être. Lorsque l'obscurité revint, elle gisait pantelante sur l'herbe humide de rosée.

— Et nous ne faisons que commencer, murmura Luca.

Il était toujours en elle et se remit à bouger après quelques secondes, avec douceur d'abord, pour lui donner le temps de redécoller. Il ne fallut pas longtemps à Callie pour hoqueter de nouveau sous les assauts de ses hanches. Mais cette fois, elle était bien décidée à l'entraîner avec elle lorsqu'elle basculerait dans l'abîme. Du bassin, elle encouragea donc ses mouvements, l'attira plus profondément en elle. Avec un grondement d'approbation, Luca lui agrippa la taille à deux mains.

— Je vois que vous aimez ça.

Jamais il n'avait connu une femme comme elle. Leur complicité, leur aisance auraient pu laisser croire qu'ils étaient amants depuis des années. Mais leur étreinte avait la fraîcheur des premières fois. Luca avait, de plus, l'impression diffuse d'avoir trouvé la perle rare, et il lui fit l'amour avec une énergie fiévreuse, comme pour la marquer de son sceau à tout jamais.

D'une main, il lui cloua les poignets dans l'herbe. Arc-bouté sur elle, il s'abandonna enfin en saccades brûlantes au creux de son ventre. Callie cria son nom pour la seconde fois et ils s'effondrèrent dans les bras l'un de l'autre, baignés de sueur.

Enfin, la jeune femme se tourna vers lui. Les yeux de Luca, dans l'obscurité, brillaient comme deux éclats d'onyx.

— Tu es incroyable…, dit-elle.

D'une main, il lui enveloppa la joue.

— Je te retourne le compliment, répondit-il d'une voix douce.

5.

Ils se baignèrent dans le ruisseau sans se soucier de la fraîcheur de l'eau, puis s'allongèrent sur la rive le temps de sécher, les yeux dans les yeux. Luca parut surpris lorsque Callie insista pour rentrer avec l'un des bus réservés aux cueilleurs. Elle ne se sentait pas prête à passer la nuit avec lui. Elle devait réfléchir à ce qui venait de se passer, s'habituer à l'idée que sa vie avait peut-être changé à jamais. Et tant pis si leur relation n'avait pas d'avenir, songea-t-elle comme Luca l'embrassait pour lui souhaiter bonne nuit. Elle ne laisserait pas la moindre amertume ternir le souvenir de ces moments.

Sa bonne humeur perdura jusqu'au moment où elle regagna enfin l'hôtel, et fut accueillie par le visage contrit du concierge.

— J'espérais vous voir, *signorina* Smith. Ceci vient d'arriver pour vous.

Callie étudia l'enveloppe que l'homme lui tendait, inquiète. Puis elle la décacheta et parcourut le message qu'elle contenait. Suite à une erreur de réservation, la chambre qu'elle avait réservée à partir du lendemain dans une petite pension n'était plus disponible. Elle froissa le papier avec un froncement de sourcils, se demandant que faire. Une chose était sûre : elle ne pouvait pas se permettre de rester dans ce palace.

— Je n'ai pas les moyens de prolonger mon séjour, déclara-t-elle en rougissant. J'ai beaucoup apprécié votre hôtel, bien sûr, mais j'ai besoin de me trouver un logement moins cher. Vous pouvez peut-être m'aider ?

Le concierge se dandinait d'une jambe sur l'autre, visiblement mal à l'aise.

— Je vous en prie, *signorina.* Vous n'aurez rien à payer. Vous n'êtes pas responsable de la situation et il y va de l'honneur du village. Nous n'accepterons pas la moindre somme d'argent. Ce serait insultant.

— Je ne peux pas rester ici sans payer, répliqua fermement Callie. C'est hors de question.

— Tes frais de séjour ont été pris en charge.

Elle pivota, surprise par la voix familière qui venait de résonner dans son dos.

— Luca ! Tu m'as suivie ?

— Oui, reconnut-il sans vergogne.

Ce dernier, échevelé et plus séduisant que jamais, détonnait dans le luxueux foyer de l'hôtel. Callie étudia la tenue de l'Italien, puis la sienne, et ne put retenir un sourire. Ils ressemblaient à ce qu'ils étaient : deux ouvriers agricoles. Une raison de plus pour décamper au plus vite vers un établissement plus conforme à ses moyens financiers.

Mille et une émotions la traversèrent. Malgré son vieux jean et son T-shirt taché, Luca ressemblait à un prince. Elle se moquait d'autant plus de sa façon de s'habiller qu'elle le préférait nu.

— Tu es derrière tout ça ? maugréa-t-elle en lui tendant la lettre.

Du coin de l'œil, elle vit le concierge regagner son bureau, plus mal à l'aise que jamais. Quelque chose se tramait, c'était évident. Luca connaissait Marco. S'étaient-ils arrangés pour la forcer à habiter chez Luca ? Elle refusait d'être manipulée, surtout par cet homme.

— Disons que j'ai entendu parler de tes problèmes de logement. Je n'en suis pas responsable.

Callie le dévisagea d'un air soupçonneux, mais il ne semblait pas désireux d'en dire davantage.

— Et je suppose que tu ne sais rien du mystérieux et généreux philanthrope qui s'est proposé de payer mon séjour ?

— Tu ne te plais pas ici ?

— Ce n'est pas la question.

Luca lui parlait du ton calme qu'un guide touristique aurait employé pour apaiser un client furieux, pas de celui d'un homme qui venait de lui faire l'amour. Peut-être avait-il déjà oublié cet épisode.

— Je veux juste m'assurer que tu as un logement, si possible confortable.

— Et je t'en remercie, mais je suis capable de me débrouiller toute seule, fit-elle valoir avec raideur.

— La pension où tu as réservé a eu un dégât des eaux, expliqua Luca, pendant que le concierge acquiesçait avec véhémence. Marco m'en a averti, c'est tout.

— Et comment Marco savait-il que j'avais réservé une chambre dans cette pension-là ?

— Je suis désolé, Callie, mais dans une petite ville comme celle-ci, tout se sait.

— C'est donc Marco qui te l'a dit.

Luca haussa les épaules — ce détail n'avait apparemment pas la moindre importance à ses yeux.

— Accepte notre offre, reprit-il comme s'il était le propriétaire de l'hôtel. Tu seras plus près des vergers ici. Si du moins tu as l'intention de continuer à travailler pour le prince ? demanda-t-il en haussant un sourcil interrogateur.

— Bien sûr que oui.

— Alors viens avec moi.

Puis il se dirigea vers la porte, comme s'il s'agissait d'une affaire réglée. Venir avec lui ? Où ? Voulait-il la ramener à la soirée… ou chez lui pour des festivités d'un autre genre ?

Quelle qu'elle fût, la proposition était tentante. Mais tout allait trop vite, et Callie avait besoin de réfléchir.

— Merci, mais je suis fatiguée. Je préfère aller me coucher, si tu n'y vois pas d'inconvénient.

Sans attendre la réponse de l'Italien, elle tourna les talons et s'engouffra dans l'ascenseur.

Le lendemain, Luca dut se rendre à l'évidence : Callie l'évitait. Il fut piqué dans son orgueil. À l'heure du déjeuner, cependant, tout le monde se rassembla dans le bâtiment qui abritait la cantine. Ils se trouvèrent côte à côte dans la file, et elle le salua d'un signe de tête.

— Luca.

Callie le snobait, c'était évident. Elle n'avait sans doute pas apprécié son intervention à l'hôtel. Elle était fraîche comme une fleur après avoir passé la matinée à travailler au tri des citrons dans un hangar climatisé. Son short révélait ses jambes fines, moulait les fesses rondes qu'il avait caressées la veille.

— Excuse-moi, murmura-t-elle en le dépassant avec son plateau.

Au lieu de s'écarter, Luca se planta devant elle. Il vit Callie tressaillir, lever les yeux vers le bandana qu'il avait noué autour de son front, puis redescendre le long de son torse et s'attarder sur ses bracelets de cuir piqués de pierres semi-précieuses, un cadeau des enfants du Fabrizio.

— Je peux me débrouiller seule, merci, déclara-t-elle lorsqu'il lui prit son plateau des mains.

— J'en suis sûr. Mais il faut savoir accepter l'aide qu'on t'offre, dans la vie.

Elle fronça les sourcils, comme si ce n'était pas la première fois qu'on lui faisait cette remarque.

— Tu as décidé de rester à l'hôtel ? demanda Luca tout en transportant son plateau jusqu'à la table où Anita l'attendait.

— C'est pour ça que tu es là ? Pour me questionner ?

L'espace d'un instant, il songea à la jeter sur son épaule pour la ramener chez lui. Puisqu'elle le considérait comme un homme des cavernes, autant se comporter comme tel. La tension, entre eux, allait finir par exploser, et il savait exactement de quelle manière. Par chance, il parvint à contrôler ses bas instincts et tourna les talons.

— À plus tard alors.

Un peu de frustration leur ferait du bien à tous les deux. Ignorant le murmure d'excitation qui l'accompagna jusqu'à la porte, il salua les cuisiniers et quitta la cantine.

Comment pouvait-elle être excitée et furieuse à la fois ? se demanda Callie. Luca avait conscience de l'effet qu'il produisait sur elle et ne se privait pas d'en jouer. Tous les regards braqués sur eux n'avaient rien arrangé.

Si elle avait espéré qu'Anita n'avait rien remarqué, elle déchanta bien vite quand son amie observa :

— Si tu veux mon avis, fonce et profites-en.

— Profite de quoi ? s'enquit Callie, sourcils froncés.

— Du sexe.

— Pardon ?

— Oh ! arrête ton numéro, Callie. Tu te sentiras bien mieux quand tu t'en seras donné à cœur joie.

— Anita ! Je suis choquée !

— Non, tu es juste frustrée, répliqua son amie. Personne ne t'en voudrait si tu profitais un peu de ce que tu as sous la main.

— C'est un lieu de travail, pas de plaisir.

Anita enfourna plusieurs frites dans sa bouche, la mine réjouie.

— Je croyais que tu étais venue chercher l'aventure ?

— Oui, mais…

— Mais quoi ? Prends tes précautions, protège ton cœur, et tout ira bien.

C'était là tout le problème — il était peut-être déjà trop tard pour protéger son cœur, songea Callie lorsqu'elle quitta la cantine. À chaque instant, elle se demandait quand elle allait revoir Luca, et ce n'était pas bon signe.

Elle venait à peine de s'engager sur le chemin de traverse qui menait au hangar de triage qu'elle le vit qui attendait contre un arbre, les mains dans les poches et un sourire lourd de promesses aux lèvres…

C'était inutile. Luca avait compris qu'il ne pourrait pas passer l'après-midi sans Callie, sans la plaquer contre un arbre et l'embrasser à perdre haleine, comme s'ils étaient seuls au monde. Chose qu'il fit sitôt qu'elle arriva à sa hauteur.

— Luca… Nous ne pouvons pas…

— Oh si, nous pouvons.

Il s'appuya sur elle, remonta un genou entre ses cuisses et entama un petit mouvement de va-et-vient qui arracha à la jeune femme un sanglot d'excitation.

— J'ai envie de toi, murmura-t-elle.

— Je sais.

Il glissa une main entre ses cuisses, caressa sa moiteur brûlante à travers l'épaisseur du tissu. Elle était prête — à quoi bon attendre ? Haletants et fébriles, ils se déshabillèrent mutuellement. Cette fois, il n'était pas question de baisers ni de préliminaires, juste d'une passion brûlante, dévorante. Luca sortit son sexe rigide pendant que la jeune femme nouait ses jambes autour de sa taille.

Il la pénétra du premier coup, sans le moindre effort. Elle jouit après une minute à peine, la tête renversée en arrière, secouée de longs spasmes. Lorsque ces derniers se calmèrent enfin, et que les mains de Callie relâchèrent leur étreinte sur ses épaules, Luca se remit à bouger en elle. Plus vite, plus fort, encore et encore.

— Oui ! cria-t-elle. Je… Je crois que je vais…

Un nouvel orgasme la saisit et lui coupa la parole. Luca s'abandonna en même temps qu'elle, avec un grondement rauque.

— Ce n'est pas fini entre nous, souffla-t-il quand il put de nouveau respirer. Mais pour le moment, nous devons nous remettre au travail.

Pantelante, Callie écarquilla les yeux.

— Tu plaisantes ? Comment peux-tu songer à travailler après ça ?

— Je suis quelqu'un de très discipliné.

— C'est admirable. Et tu as raison. Je ne peux pas lâcher le reste de l'équipe, moi non plus. Ils comptent sur moi.

Luca se retint de faire valoir qu'un mot de lui décidait de tout — il appréciait le professionnalisme de Callie. Il la reposa en souriant, puis ils se rhabillèrent en hâte. En consultant son téléphone pour voir l'heure, il constata qu'il avait manqué plusieurs appels du même numéro. Un désagréable pressentiment lui glaça le sang.

— Désolé mais j'ai une urgence, annonça-t-il.

Il se détourna pour passer un coup de fil, posa quelques questions rapides et raccrocha presque aussitôt.

— Il faut que j'y aille.

— Rejoindre ton équipe ? demanda Callie, sourcils froncés.

— Quelque chose dans ce genre, oui. Mais je dois quitter la propriété.

Elle le dévisagea un court instant sans comprendre, avant de secouer la tête.

— Je peux faire quelque chose ?

— Rien.

Luca savait qu'il se montrait brusque. Callie était visiblement choquée par sa soudaine froideur après l'intimité qu'ils venaient de partager, mais il n'avait pas le temps de lui expliquer. Ils ne se connaissaient pas vraiment, après tout, et il se voyait mal partager des secrets d'État avec elle. Il ne pouvait pas lui parler de la tentative manquée de Max pour s'emparer du pouvoir. Son frère et ses acolytes avaient été défaits sans problème, mais son peuple avait besoin de le voir.

Pendant qu'il composait le numéro de son pilote, Callie se rhabilla en tremblant, les joues brûlantes d'humiliation. Elle n'avait pas une grande expérience des relations amoureuses mais elle savait que le comportement de Luca était inacceptable. Son attitude ne faisait que lui rappeler qu'elle ne savait rien de lui. Ce qui s'était passé entre eux n'avait apparemment pas la moindre valeur à ses yeux. C'était la satisfaction d'un besoin physique comme celui de respirer, ou de manger. Une fois repu, il se levait de table.

Quelle idiote tu fais, se morigéna-t-elle en remontant fébrilement la fermeture de son short. Même son corps semblait se moquer d'elle, encore parcouru de frissons d'excitation. Pourtant, elle ne pouvait pas en vouloir à l'Italien. Il ne lui avait rien promis. Si elle avait imaginé qu'il s'agissait d'autre chose que de sexe, Callie ne pouvait s'en prendre qu'à elle-même. Pour couronner le tout, elle était en retard et devrait prendre une douche avant de retourner travailler.

— Des salles de bains sont disponibles dans le bâtiment adjacent à celui où tu travailles, déclara Luca. Tu y trouveras tout ce dont tu as besoin. Savon, serviettes, shampooing…

Avait-il lu dans ses pensées ? Ou était-il coutumier de ce genre de chose ? Il venait ici tous les ans, après tout, et elle n'était pas naïve au point de se croire la première femme à succomber à son charme. Ce qu'elle ne s'expliquait pas, c'était son impatience à partir. Il aurait au moins pu y mettre les formes.

— Alors comme ça, c'est tout ? ne put-elle s'empêcher de demander.

— Que veux-tu d'autre ?

Sa réponse lui fit l'effet d'une douche froide. Mais il avait raison : qu'espérait-elle d'autre ? Il était temps de revenir à la réalité.

— Tu ne comptes même pas m'attendre ? protesta-t-elle en le voyant tourner les talons.

Luca hésita, puis haussa les épaules et continua à marcher. La jeune femme n'était plus sa priorité, même s'il aurait aimé pouvoir affirmer le contraire. Son devoir l'appelait. Il n'avait d'autre choix que d'y répondre, en vertu de la promesse qu'il avait faite à un vieil homme.

— Pourquoi tu tires cette tête ? demanda Anita lorsqu'elles se croisèrent devant le bâtiment de triage. C'est à cause d'un homme ? D'un homme en particulier ?

— Je te raconterai plus tard, marmonna Callie. Je suis déjà en retard.

— Fais signe au prince avant d'y aller ! suggéra son amie.

Callie s'arrêta net, intriguée.

— Où est-il ?

La main en visière, Anita désigna un hélicoptère dont la livrée bleue arborait le blason du Fabrizio.

— Apparemment, il doit rentrer pour régler une

affaire urgente. Mais je ne me fais pas de souci pour lui. Quand Luca s'attaque à un problème, il disparaît.

À la mention de ce nom, Callie se pétrifia.

— P… pardon ?

— Je dis que le prince Luca est plus fort que Max et tous ses complices réunis. Le peuple l'adore. Tu peux être sûre que son frère est derrière ce retour soudain. Il n'arrête pas de lui causer des ennuis. C'est pire encore depuis la mort de leur père…

D'une main tremblante, Callie interrompit son amie.

— Pourquoi ne m'as-tu pas dit que Luca était le prince ?

Anita la dévisagea avec ébahissement, puis l'étreignit.

— Oh ! Callie… Je suis désolée. Je pensais que tu le savais et que tu n'en parlais jamais par discrétion. Luca n'aime pas se prévaloir de son statut et veut être considéré, lorsqu'il est là, comme un travailleur parmi d'autres. Si j'avais seulement soupçonné que…

— Ce n'est pas ta faute, coupa Callie. Le problème, c'est moi. Je n'ai vu que ce que je voulais voir.

Du regard, elle suivit l'hélicoptère jusqu'à sa disparition dans un nuage. Comment avait-elle pu faire preuve d'un tel aveuglement ? La curiosité permanente qu'il suscitait, les gens qui s'écartaient… Tous les signes étaient là. Mais elle ne pouvait pas reprocher à Luca de ne pas avoir agi en prince de conte de fées. Ils étaient tous les deux adultes. Il avait obéi à ses pulsions, et elle ne l'avait pas exactement repoussé…

— Dire que je l'ai pris pour un travailleur, murmura-t-elle avec un rire amer. Pour l'un d'entre nous.

— Luca *est* l'un d'entre nous, confirma Anita.

Callie répondit d'un sourire las. Inutile de débattre avec son amie, fervente admiratrice du prince. La question était plutôt de savoir comment elle avait pu commettre une si monumentale erreur de jugement.

Et pourquoi, au fond, Luca n'avait pas jugé bon de lui révéler sa véritable identité. Beaucoup de gens devaient essayer de profiter de son statut et de sa fortune, elle le comprenait. Il était dès lors prudent, lorsque c'était possible, de demeurer incognito. Mais cela signifiait qu'il ne lui faisait pas confiance.

— Je crois que je vais devoir abréger mon séjour, souffla-t-elle.

— Vraiment ? Oh ! non, reste. C'est à cause de moi, n'est-ce pas ? J'aurais dû me taire.

— Tu n'as rien à te reprocher. Si quelqu'un est responsable de la situation, c'est bien moi. J'aurais pu interroger Luca et je n'en ai rien fait. Je crois que c'était précisément pour ne pas devoir affronter la réalité. Il est temps de regarder les choses en face, maintenant. Je n'ai que trop vécu dans un rêve, et j'ai peur de commencer à y croire si je m'attarde.

— Tu ne peux pas rester encore un peu ? Quelques jours ? Nous commençons à peine à nous connaître et tu vas me manquer.

Cet aveu fit monter les larmes aux yeux de Callie. Les deux femmes s'étreignirent.

— Tu viendras me rendre visite, n'est-ce pas ? Je ne veux pas que nous perdions le contact.

— Aucun risque, répondit Anita. Mon village n'est pas très loin du tien, attends-toi donc à me revoir.

— Viens pour Noël. S'il te plaît. Je demanderai à Ma Brown, mais je sais déjà qu'elle sera d'accord.

Le visage d'Anita s'illumina soudain.

— Tu es sérieuse ? Je passe en général Noël toute seule.

— Pas cette année. Je t'enverrai mon adresse et tous les détails nécessaires.

— Tu es une véritable amie, Callie. Je suis heureuse d'avoir fait ta connaissance.

Callie jeta un dernier regard en direction des champs

avant de se détourner, sa décision prise. Il était temps de rentrer. Même là-bas, dans son pays battu par la pluie, elle resterait à jamais la fille des vergers de citrons. Rien n'effacerait jamais le souvenir de ce qu'elle avait vécu ici.

Du moins elle l'espérait.

6.

— Où est-elle, bon sang ? Quelqu'un doit bien le savoir.

Médusés, les ouvriers regardèrent Luca sans répondre. Sitôt la situation du Fabrizio stabilisée, il avait regagné ses vergers dans l'espoir d'y retrouver Callie. Il n'avait pas mis longtemps à constater qu'elle avait disparu.

— Callie Smith ? lança-t-il, exaspéré par le silence qui accueillait ses questions. Personne ?

Des haussements d'épaules gênés lui répondirent. Ces gens-là ne savaient rien — ou ne lui disaient rien, songea-t-il en voyant qu'Anita évitait son regard. Il était pourtant rentré avant la fin de la saison, sûr de retrouver la jeune femme. Mais au vu de la façon dont il l'avait traitée, pouvait-il lui en vouloir de ne pas l'avoir attendu ?

D'un pas décidé, il se dirigea vers ses bureaux. Il avait maté un coup d'État, il était capable de retrouver l'une de ses employées. Max avait accepté un versement digne du PIB d'un petit pays en échange d'un exil définitif. S'il remettait les pieds au Fabrizio, son frère serait arrêté et emprisonné pour de bon. Le problème, c'était que Luca ne pouvait pas régler le problème de Callie avec un chèque.

Tous ses employés se levèrent respectueusement lorsqu'il entra dans les locaux. Son costume taillé sur mesure était bien différent de sa tenue de cueilleur, et le changement n'avait échappé à personne.

— Repos, tout le monde. J'ai besoin de votre aide.

Son équipe administrative n'eut pas de mal, après quelques minutes à peine, à lui fournir l'information qu'il cherchait. L'adresse de Callie en main, il ressortit du bâtiment. Restait à affronter la jeune femme… Quelque chose lui soufflait que la partie était loin d'être gagnée. Et Luca, en bon stratège, n'aimait pas l'incertitude.

Un hélicoptère le conduisit à l'aéroport où l'attendait son avion. Le plan de vol était déjà enregistré, validé par la tour de contrôle. Il piloterait l'appareil lui-même, trop impatient pour se contenter du rôle de passager. Il avait besoin de s'occuper pour ne pas penser à Callie. Elle l'obsédait depuis près de deux mois, nuit et jour, et il voulait mettre fin à cette situation en la retrouvant, en lui faisant l'amour jusqu'au bout de la nuit. Après quoi il l'oublierait.

Dans quelques heures, songea-t-il avec une satisfaction féroce, tout serait réglé.

Deux mois, déjà ? Deux mois s'étaient-ils vraiment écoulés depuis qu'elle avait rencontré Luca ? Callie décida qu'il était temps de faire le point, un exercice qui ne lui prit pas longtemps. Elle vivait dans un studio glacé au-dessus de la petite boutique de vêtements où elle travaillait six jours par semaine pour financer ses cours du soir. Elle avait en effet décidé, en rentrant d'Italie, de continuer à apprendre cette langue pour laquelle elle semblait douée. Elle avait dû déménager, car son ancien appartement à côté des Brown avait été reloué en son absence.

Callie n'avait parlé à personne de sa relation avec Luca. Aux questions insistantes de Rosie, elle avait simplement répondu que le fait de séjourner dans un hôtel cinq étoiles l'avait empêchée de connaître la véritable Italie, et qu'elle avait voulu travailler quelques jours dans un verger.

Son souci de discrétion, malheureusement, avait fait long feu quand Luca avait débarqué en Angleterre et exigé de la voir. Callie avait refusé, Rosie l'avait morigénée.

— Tu es folle ? C'est un prince, Callie, un *prince* ! Et il a l'air fou de toi. Il doit l'être, pour tout quitter et venir te chercher. Accessoirement, c'est l'une des plus grosses fortunes du monde.

Callie avait campé sur ses positions. Non, elle ne verrait pas Luca. Sa fortune ne signifiait rien, son titre pas davantage. Les sentiments qu'elle éprouvait à son égard étaient d'une intensité qui l'effrayait. Elle ne le laisserait pas lui briser le cœur une seconde fois. Rosie avait eu le bon goût de ne pas insister.

— Mais j'espère que tu changeras d'avis avant qu'il soit trop tard, avait-elle dit.

Évidemment, Luca n'était pas homme à accepter un refus et à rentrer chez lui sans protester. « Non » ne faisait pas partie de son vocabulaire. Depuis sa visite initiale, il avait appelé plusieurs fois les Brown, envoyé des fleurs et des cadeaux, des messages, des paniers chargés de produits de luxe d'un célèbre magasin londonien. Il avait même dépêché un vieux diplomate du nom de Michel pour plaider sa cause. Callie s'en était voulue de ne pas le recevoir, mais Ma Brown l'avait accueilli comme s'il était le prince en personne. Puis elle l'avait informé que la jeune femme n'était pas disposée à changer d'avis *pour le moment*.

— Tu n'aurais pas dû lui donner le moindre espoir, avait protesté Callie. Je ne veux pas devenir la maîtresse de Luca.

Constatant que cette affaire commençait à affecter les Brown, dont les yeux se remplissaient d'étoiles dès qu'ils évoquaient le souverain, Callie avait finalement décidé de s'établir à Blackpool. La ville était froide et venteuse à l'approche de Noël, mais dégageait une authenticité rugueuse qui s'accordait à merveille avec son humeur. Et il y avait les illuminations, le plus grand spectacle gratuit de la terre entière : un million d'ampoules et dix kilomètres de guirlandes qui attiraient les touristes, ce qui signifiait qu'il était facile d'y trouver du travail.

L'ironie du sort, c'était que Luca figurait en une de tous les journaux depuis qu'elle était là. Callie avait désormais du mal à comprendre comment elle avait pu ignorer son identité. Ses yeux sombres la dévisageaient dès qu'elle ouvrait un magazine. Elle savait désormais tout de lui. Comment il avait grandi dans les rues de Rome. Comment la confiance d'un vieil homme avait fait de lui le souverain respecté qu'il était aujourd'hui.

Les photos, elle devait l'admettre, la captivaient. Luca détendu en jean et T-shirt. Luca monté sur un pur-sang noir. Luca en costume strict au milieu d'une réunion de chefs d'État, exsudant une autorité naturelle que tous semblaient reconnaître. Le nouveau souverain du Fabrizio était partout. Il n'en paraissait que plus inaccessible.

Callie savait qu'elle n'avait pas sa place dans sa vie, malgré les efforts de Luca pour lui prouver contraire : les bouquets, les cadeaux, les lettres pleines d'humour et d'une affection qui paraissait sincère. Elle n'oublierait jamais que sa mère était morte en croyant aux mensonges de son père. « Ça ira mieux demain », répétait ce dernier. Le lendemain, il perdait au jeu le peu d'argent dont la famille disposait. Quand il ne le perdait pas, il le buvait, et Callie devait faire des heures supplémentaires, encore et encore. Bien sûr, Luca n'avait menti que par omission en ne lui révélant pas sa véritable identité. Mais un mensonge restait un mensonge. Et rien ne changerait jamais le fait qu'ils n'appartenaient pas au même monde. Ils n'avaient rien en commun.

Rien ? Pas si sûr… Il restait encore un détail à régler. De son sac, Callie tira le petit sachet que lui avait donné le pharmacien. Impossible de repousser le test plus longtemps. Ses règles avaient toujours été irrégulières, mais elle était en retard, *très* en retard. Ma Brown lui avait dit, lorsqu'elle avait eu son dernier enfant, qu'une femme *savait* qu'elle était enceinte avant tout le monde. Callie avait eu beau se répéter qu'il s'agissait d'une légende, au cours des deux dernières semaines, elle avait de plus en plus de mal à s'en convaincre. Elle sentait qu'elle n'était plus seule, qu'une vie nouvelle grandissait en elle. Peut-être n'était-ce qu'un produit de son imagination. Il n'y avait qu'un moyen de s'en assurer.

Le test effectué, elle fixa la ligne bleue sans ciller. *Positif.* Un sentiment d'euphorie l'envahit. C'était un moment unique, à savourer avant que la réalité ne referme ses mâchoires d'acier. Elle ferma longuement les yeux, le cœur battant, et inspira à plusieurs reprises. Lorsqu'elle les rouvrit enfin, sa plus grande angoisse était d'être tombée sur un test défectueux.

Tremblante d'émotion, elle se pencha pour augmenter la température de son radiateur, puis se blottit sous le jeté de laine qui servait en temps normal à cacher les trous de son canapé. Ses mains étaient glacées, mais elle savait que sa fébrilité était due à l'excitation. La nouvelle était énorme, affolante. Terrifiante et merveilleuse.

Décembre s'annonçait. Pourtant, il lui semblait sentir encore la chaleur du soleil italien sur sa peau, malgré les trois mois écoulés depuis son séjour. Un séjour qui avait changé sa vie.

Une chose était sûre, désormais : elle devait revoir Luca.

Ses informateurs étaient clairs : Callie était enceinte. Luca n'avait pas pu se rendre en Angleterre, trop occupé par Max d'abord, puis par son couronnement. Dieu merci, la cérémonie était enfin terminée, du moins sa partie la plus pénible. Une grande fête devait encore avoir lieu, ouverte à des centaines de citoyens, une occasion d'être parmi son peuple qui le réjouissait.

Mais d'abord, Callie. Il devait faire attention où il mettait les pieds. Le tempérament de feu de la jeune femme était sans doute rendu plus explosif encore par les hormones de grossesse. Peu importait. Il en fallait davantage pour l'intimider.

D'un pas décidé, il se dirigea vers l'héliport où l'attendait l'appareil qu'il avait demandé, et s'installa aux commandes. Quelques instants plus tard, l'hélicoptère quitta le sol de son royaume, direction l'Angleterre.

Blackpool Illuminations recherche guide touristique. Callie relut l'annonce en se mordillant la lèvre. Pourquoi pas ? Elle allait avoir besoin de rentrées supplémentaires. Car si elle avait l'intention d'informer Luca de l'arrivée de leur enfant, elle ne comptait pas pour autant lui demander de l'argent.

Elle posa une main sur son ventre, envahie par une immense tendresse. L'angoisse y succéda bien vite. Quel rôle tiendrait Luca dans la vie de ce bébé ? Son absence n'était pas souhaitable. À l'inverse, elle ne voulait pas condamner leur fils ou leur fille à grandir dans une prison dorée sous prétexte qu'il était de sang royal. Diable, tout cela s'annonçait bien plus compliqué qu'elle ne l'aurait souhaité.

S'angoisser était un luxe qu'elle ne pouvait se permettre, décida Callie. Elle passa donc son manteau, noua son écharpe autour de son cou et referma la porte de son studio. Le bébé avant tout. Elle devait gagner davantage. Commencer à économiser si elle voulait emménager dans un appartement un peu plus grand, peut-être même avec un jardin. Et il y aurait les vêtements, les couches, la nourriture… La tête lui tournait rien que d'y penser.

Elle se retint de dévaler l'escalier comme elle le faisait d'habitude — elle n'était plus seule, désormais. Déjà, elle se sentait prête à tout pour protéger son bébé. Luca serait informé de son existence, oui, mais elle ne le laisserait pas lui enlever. Elle l'élèverait elle-même, lui inculquerait la douceur, la générosité. Les Brown l'aideraient, si besoin. Elle n'avait rien à craindre.

Sur le trottoir, elle s'arrêta pour discuter un peu avec sa logeuse et l'aider à installer une guirlande dans sa vitrine.

— Merci, ma belle, fit la vieille dame. Tu es radieuse. Fais bien attention de ne pas prendre froid.

— Promis ! s'exclama Callie en se dirigeant vers le passage clouté.

Luca vit la voiture arriver depuis l'autre bout de la rue. Celle-ci était poursuivie par un véhicule de police.

Non !

Il n'aurait su dire s'il avait crié. Il fit un bond en avant, remonta la rue à la vitesse de l'éclair, écartant les passants sans jamais quitter son but des yeux. La plupart des badauds n'avaient pas conscience du drame qui se jouait, et Callie non plus. Elle traversait le nez en l'air, sans notion du danger. Jetant ses dernières forces dans l'effort, Luca bondit et l'entraîna vers le bas-côté. Des pneus crissèrent sur l'asphalte. L'espace d'une seconde, tout devint noir. Puis la jeune femme se débattit pour se dégager, et écarquilla les yeux avec un hoquet de stupeur quand elle le reconnut.

— Luca ? Mais que… Tu vas bien ?

Il toussa, la gorge envahie d'un mélange de poussière,

de fumées d'échappement et du parfum de Callie, avant d'acquiescer.

— Et toi ? Tu n'es pas blessée ?

Callie ferma les yeux comme pour passer son corps entier en revue. Quand elle les rouvrit, il fut soulagé de la voir sourire.

— Non, je ne crois pas. Tu m'as sauvée.

— *Grazie a Dio.*

Ensemble, ils parcoururent la scène du regard. Le chaos le plus total régnait dans la rue mais personne ne semblait blessé. Les passants s'étaient rassemblés en grappes, certains appelaient pour rassurer leurs proches. Les policiers venaient de passer les menottes au conducteur de la voiture, un jeune homme au regard absent.

— Je ne comprends pas, fit Callie, reprenant peu à peu ses esprits. Que fais-tu ici, au juste ?

Luca ignora sa question pour se concentrer sur le plus urgent.

— Nous aurons amplement le temps de parler de tout ça. Tu peux te lever ?

Avec douceur, il l'aida à s'asseoir et reprit :

— Doucement. Tu ne tiendras peut-être pas sur tes jambes mais c'est normal. Tu as eu un choc.

— Et toi, comment te sens-tu ? Tu n'as rien ?

— Ne t'en fais pas pour moi.

À sa surprise, Callie éclata de rire.

— Il faudrait que nous apprenions à nous rencontrer dans des circonstances plus normales.

— Je ne te le fais pas dire.

Ils gisaient en plein milieu de la route, dans la poussière et les taches d'huile. Si Callie était capable de plaisanter, c'était qu'elle n'avait rien de grave — du moins, Luca l'espérait. Mais elle poussa presque aussitôt une exclamation horrifiée lorsqu'elle se tourna vers le véhicule accidenté, planté en plein dans la vitrine d'un petit magasin de vêtements.

— C'est la boutique de ma propriétaire ! s'exclama-t-elle, tentant de se redresser.

— Laisse-moi t'aider.

Dans sa panique, la jeune femme le repoussa.

— Il faut s'assurer qu'elle n'a rien !

— Il faut d'abord nous assurer que *tu* n'as rien.

À contrecœur, Callie le laissa lui passer sa veste sur les épaules.

— Tu es en état de choc, insista-t-il. Tu dois aller à l'hôpital.

— Je te dis que je vais bien.

— Tu trembles. Je ne veux pas prendre le moindre risque.

— Et toi, tu vas attraper froid sans ta veste.

— Ne t'occupe pas de moi. Je suis juste heureux d'être arrivé à temps.

— Oui, j'ai entendu dire que tu étais très occupé…

Un ambulancier les interrompit, une couverture de survie dorée à la main.

— Mettez ça et rendez sa veste à ce monsieur, mademoiselle. Il va attraper froid.

— Je n'arrête pas de lui dire ! Mais il ne veut rien entendre.

— Comme vous voudrez.

— Est-ce qu'il y a d'autres blessés ? La propriétaire du magasin, comment va-t-elle ?

— Elle a eu de la chance. Elle m'a dit qu'elle était encore en train de décorer sa vitrine il y a dix minutes. Mais elle venait de se rendre dans l'arrière-boutique pour se faire une tasse de thé.

— Dieu merci. Je vis au-dessus du magasin, c'est ma logeuse.

— Il n'y a aucun drame à déplorer, grâce à votre sauveur. Vous êtes un héros, monsieur.

Luca haussa les épaules. Il n'avait pas réfléchi, faute de temps. Il avait agi par pur réflexe.

— Je ne crois pas, non.

— Je vous assure que si, insista le médecin. Sans votre présence d'esprit… Bon, mademoiselle, nous allons vous conduire à l'hôpital pour quelques examens de routine. Si monsieur veut vous accompagner…

— Il ne veut pas, coupa Callie, jetant un regard de biais à Luca. Puisque tu sais où j'habite, apparemment, nous nous verrons plus tard.

Elle crut avoir remporté cette manche quand elle le vit s'éloigner, mais déchanta bien vite. Elle venait à peine de monter à l'arrière de l'ambulance que Luca grimpa à bord et s'installa près d'elle.

— Qu'est-ce que tu fais, au juste ?

— Je surveille ma veste, répondit-il avec un clin d'œil pour l'infirmier assis face à eux. Elle m'a coûté cher, je ne voudrais pas que tu la perdes.

Callie soupira — elle savait reconnaître un combat perdu d'avance. Elle aurait dû savoir qu'il ne renoncerait pas si facilement.

— Que fais-tu en Angleterre, au juste ? Tu m'espionnais ? reprit-elle à voix basse.

Luca haussa les épaules. Il n'avait pas l'intention de mentir : la mission de l'équipe de protection qu'il avait mise en place les forçait parfois à naviguer en eaux troubles.

— Je me préoccupe juste de ta sécurité et de celle de notre enfant.

La jeune femme blêmit, si soudainement qu'il crut qu'elle allait s'évanouir.

— Ça va ? Tu as mal quelque part ?

— Non…

Callie tendit une main tremblante vers la sienne. Elle était bien différente, en cet instant, de la femme qu'il avait rencontrée en Italie. Il avait en face de lui une mère qui avait peur pour son enfant.

— Ne... Ne me regarde pas comme ça.

— Comment ?

— Comme si j'étais spéciale. Comme si tu étais heureux d'être ici.

— Tu *es* spéciale. Tu portes mon enfant. Et si je te regarde, c'est que tu es couverte de graisse et de poussière.

— Vous savez parler aux femmes, ironisa l'infirmier.

Puis il fronça les sourcils, écarquilla les yeux et pointa le doigt vers Luca.

— Attendez une minute... Vous n'êtes pas ce milliardaire qui a commencé dans les rues et qui a fini prince ?

— En personne.

— Que faites-vous à Blackpool ?

— Je suis venu voir ce que valaient les rues d'ici, au cas où ma chance tournerait.

L'infirmier se mit à rire, puis leur adressa un clin d'œil.

— Ne vous inquiétez pas. Motus et bouche cousue, je ne vous ai jamais vu.

L'atmosphère s'allégea un peu et, lorsque Luca l'attira dans ses bras, Callie ne résista pas.

7.

Luca était de retour. Et à point nommé, concéda-t-elle en son for intérieur. Callie savait que l'accident auquel elle venait d'échapper ajoutait encore au tourbillon de ses émotions et compliquait tout effort d'analyse de la situation, mais la présence de l'Italien la forçait à reconsidérer ses récentes décisions.

— Ça va ?

Avait-elle vraiment cru pouvoir oublier ses sentiments à son égard en s'éloignant de lui ? C'était risible. Elle n'était plus en Italie mais dans un pays froid, battu par la pluie et le vent. Elle ne pouvait plus incriminer l'exotisme, la chaleur, pour expliquer l'attirance irrationnelle qu'elle ressentait encore pour cet homme.

— N'aie pas peur, souffla-t-il. Tu es en sécurité, maintenant.

Ses bras se refermèrent autour d'elle, un cercle protecteur au creux duquel Callie se nicha. Les frissons qui la parcouraient n'étaient pas tous dus au drame qui avait failli se jouer.

— Regarde-moi, Callie.

Même avec ses cheveux en bataille, une trace noire sur sa joue et sa chemise tachée, Luca restait incroyablement séduisant. C'était un héros, *son* héros. Elle l'avait désiré sitôt leur rencontre, mais ce qu'elle éprouvait en cet instant était d'une nature tout autre.

— Callie ?

Couvrant d'une main son ventre encore plat, elle tourna un regard flou vers son compagnon.

— Nous sommes arrivés, expliqua-t-il d'une voix douce. Nous sommes à l'hôpital.

— Oh.

L'infirmier descendit le premier, puis s'écarta pour les laisser passer. Avec un frisson, Callie resserra la couverture de survie autour de ses épaules. Seule sa main était chaude, nichée dans celle de Luca. Elle ne la lâcha qu'avec réticence quand un médecin apparut dans la chambre où elle patientait.

— Je veux un examen complet, décréta l'Italien. Peu importe le coût, je me charge de tout.

— Nous nous occuperons d'elle au mieux, promit le médecin. Vous pourrez même garder votre argent.

— Elle est enceinte.

Callie ferma les yeux, le cœur serré. Luca était au courant de tout. Il avait sans doute placé un drone en vol stationnaire au-dessus de sa maison. Mais aussi irritant soit-il, elle était bien forcée d'admettre qu'elle était soulagée de le voir.

Ses vêtements étaient boueux, son jean déchiré, mais Luca s'en moquait. Seule la jeune femme importait et il patienta pendant que les médecins lui faisaient passer une série d'examens. Les nouvelles les rassurèrent tous les deux. Tout allait bien — Callie s'en tirait avec quelques crampes musculaires et divers hématomes. Choc mis à part, elle n'avait rien et pouvait rentrer chez elle.

— La première chose à faire, déclara Luca quand ils émergèrent de l'hôpital, c'est de te donner un bain.

— Un bain ? répéta Callie, éberluée.

— Oui.

Les infirmières avaient nettoyé ses égratignures mais

elle était, tout comme lui, couverte de la crasse de la route. Luca avait un plan : la conduire à l'aéroport, d'où son hélicoptère les emmènerait sur son yacht. Elle récupérerait de sa mésaventure sous le soleil de la Méditerranée. Là-bas, ils pourraient discuter de l'avenir loin des regards indiscrets.

— Je prendrai un bain à la maison, annonça-t-elle. Laisse-moi ici. Je rentrerai en taxi. Merci de tout ce que tu as fait.

— Pas question de taxi. Tu peux jouer les dures si tu veux, mais les règles du jeu ont changé. C'est moi qui décide.

— Depuis quand ?

— Depuis que tu es enceinte.

Elle le dévisagea en silence un long moment, puis tira un téléphone de sa poche.

— Qu'est-ce que tu fais ?

— Je veux appeler ma logeuse pour m'assurer qu'elle va bien.

— Elle va bien. Je l'ai contactée pendant que tu étais à l'hôpital. Des ouvriers viendront reconstruire sa vitrine dès demain.

— Et tu n'as rien à voir avec ça, je suppose ?

— Peu importe tant que la vitrine est réparée, non ?

— Tu ne peux pas régenter la vie de tout le monde, Luca. Pas la mienne, en tout cas.

— Ce n'est pas mon intention.

— Parfait. Parce qu'il faut d'abord que je m'habitue à ton retour.

Pour une fois, Luca ne sut que répondre. Elle avait raison.

— Laisse-moi une chance de réfléchir, renchérit Callie, le voyant fléchir. J'ai eu un choc. Et je ne parle pas juste de l'accident, bien sûr. Mais découvrir ta véritable identité, puis recevoir toutes ces lettres et ces cadeaux de ta part, alors que je pensais ne plus jamais te revoir…

— Tu aurais préféré que je ne prenne pas contact avec toi ?

Une lueur peinée, dans le regard de Callie, lui fit comprendre que non.

— Je savais que nous allions nous revoir quand j'ai appris que j'étais enceinte. Je n'avais pas l'intention de te le cacher. Mais j'ai besoin de temps pour tout digérer. Le fait que tu m'aies espionnée, par exemple… Tu as beau être un prince, ça ne te donne pas tous les droits.

— Tu crois que ça m'amuse de te faire surveiller ? Ta sécurité est ma priorité, c'est tout.

— Elle ne doit pas devenir pour autant une obsession.

— Je t'assure que ce n'est pas le cas. Mes hommes suivent des procédures très strictes, les mêmes pour toutes les personnes qui sont en contact avec moi.

— Je te crois. Je te remercie de ton honnêteté. Et de m'avoir sauvée, bien sûr.

— Je ne veux pas de ta gratitude. Je te veux *toi*.

Il était impatient, à juste titre. Le Conseil le pressait de se trouver une épouse, et Callie était enceinte. À quoi bon perdre du temps ?

— Tu m'as quittée sans une explication, Luca. Et maintenant tu me demandes de revenir, juste parce que tu claques des doigts ?

— Je ne t'ai jamais menti.

— Mais tu ne m'as jamais dit que tu étais prince. Tu m'as laissée croire que tu étais comme moi.

— Je *suis* comme toi.

Callie se mit à rire, puis secoua la tête.

— Tu es milliardaire, tu diriges un pays, et qui suis-je ?

— Une femme de tête, courageuse et têtue.

— La flagornerie ne te mènera à rien. Nous avons fait l'amour, nous avons partagé une incroyable intimité, puis tu es parti sans un regard en arrière. Pour moi, ça ne signifie qu'une chose : que tu n'es pas capable de ressentir la moindre émotion.

— C'est toi qui as disparu quand je suis revenu. Et de retour en Angleterre, tu as changé de ville. En quoi est-ce différent ?

— Il n'a jamais été question que je reste en Italie. Il fallait bien que je rentre. Et maintenant, j'ai l'intention d'étudier, de réussir ma vie. Tu es peut-être habitué à ce que les femmes se jettent à tes pieds, mais je n'en ferai rien.

— Alors disons que nous sommes tous les deux coupables. Tu n'as répondu à aucune de mes lettres, tu as refusé mes cadeaux, refusé de me voir. Je comprends que mon départ ait pu te paraître abrupt, mais j'espère que tu sais aujourd'hui qu'il s'agissait d'une affaire de sécurité nationale. Viens avec moi au Fabrizio. Tu verras la vie qui attend notre enfant.

Soudain, Callie eut peur. Elle savait que ses hormones lui jouaient des tours, qu'elle était sans doute plus sensible que de raison. Mais Luca les emporterait comme une lame de fond, leur enfant et elle, si elle n'y prenait garde. Elle ne pourrait pas lutter contre sa fortune, son statut. Et elle avait confiance en ses propres valeurs, en sa capacité à élever ce bébé. Seule, s'il le fallait. D'un geste vif, elle héla un taxi.

— Que suggères-tu, Callie ?

La voix de Luca s'était durcie. Soucieuse de ne pas envenimer la situation, elle lui sourit.

— Je suggère une trêve. Tu es un héros. Tu m'as sauvée, tu as sauvé notre enfant. Je ne t'en remercierai jamais assez. Je suis sûre que nous pouvons au moins être amis.

— Amis ? répéta Luca en fronçant les sourcils.

— S'il te plaît. Dans l'intérêt du bébé.

Un taxi se gara le long du trottoir, et Luca serra les dents. Pourquoi n'acceptait-elle pas son aide ? Était-ce ainsi qu'elle voyait leur avenir ? Il ne la laisserait pas n'en faire qu'à sa tête. La stabilité du Fabrizio était en jeu.

— Donne-moi ton numéro de téléphone, ordonna-t-il.

— Non. Donne-moi le tien et je t'appellerai quand je serai prête.

— Puis-je au moins savoir où tu vas ? demanda Luca après s'être exécuté.

— Je t'appellerai, répéta-t-elle en montant dans le taxi.

Mâchoire crispée, Luca la regarda s'éloigner. Il avait peut-être perdu cette bataille, mais il comptait bien remporter la guerre.

Callie avait cru en vouloir à Luca. Elle comprit, en redescendant les marches de la mairie, qu'elle s'était leurrée. Maintenant, elle lui en voulait *vraiment*. L'Italien l'attendait dehors, adossé avec nonchalance à une voiture de sport. Sa présence suggérait qu'il savait parfaitement ce qui s'était passé durant l'entretien d'embauche.

Bien sûr qu'il le savait, puisqu'il en était responsable.

Les poings serrés, Callie fondit sur lui. Dès le début de l'entretien, elle avait senti que quelque chose n'allait pas, qu'elle n'obtiendrait pas le poste. Le directeur de l'office du tourisme avait pourtant reconnu qu'elle correspondait au profil recherché : souriante, aimable, parfaitement renseignée sur l'histoire des illuminations de la ville depuis le XIXe siècle.

« Et je connais le moindre recoin de la ville », avait-elle fait valoir.

Le directeur s'était tortillé dans son fauteuil avant d'expliquer, la mine contrite, que le poste n'était plus disponible. *Alors pourquoi me recevoir ?* avait songé

Callie. Jusqu'au moment où son interlocuteur avait ajouté en clignant de l'œil :

« Ne soyez pas déçue. On m'a dit que vous aviez un brillant avenir devant vous. »

— Qu'est-ce que ça t'a coûté ? demanda-t-elle tout de go à Luca.

— Pardon ?

— Qu'est-ce que ça t'a coûté de m'empêcher d'obtenir ce poste ?

— Rien du tout.

— Tu mens.

— Calme-toi, reprit son compagnon en ouvrant la porte du véhicule. Monte.

— N'y compte pas.

— S'il te plaît.

Elle voulut tourner les talons, mais Luca la retint par le bras.

— Où vas-tu ? Tu ne peux pas travailler, mes hommes sont en train de refaire la boutique. Ton appartement est inaccessible lui aussi du fait des travaux.

— *Tes* hommes. Voilà qui en dit long. Tu es également derrière le fiasco de mon entretien. Et tu prétends respecter mon indépendance ? Quel autre mauvais tour me réserves-tu ?

— J'ai simplement décidé d'aider ta logeuse, qui aurait dû attendre des mois un éventuel remboursement de son assurance. Quant à cet entretien d'embauche, explique-moi comment tu comptais jouer les guides touristiques alors que tu es enceinte ? Et vu que tu portes *mon* enfant, tu es devenue une cible de choix, que tu le veuilles ou non. Ta vie a changé.

— À qui le dis-tu ! J'étais libre et ce n'est plus le cas. Comment as-tu réussi à obtenir un rendez-vous avec le responsable de l'office du tourisme si rapidement ?

— Sa secrétaire m'a reconnu.

— Bien sûr. J'oubliais que, depuis ton couronnement, tu es partout. « Le célibataire le plus en vue du moment. » Les journaux oublient de préciser que ton ex-maîtresse est enceinte.

— Tu ne crois pas que tu en fais un peu trop ?

— Tout est « trop » depuis que tu es entré dans ma vie ! Je…

Callie s'interrompit, se rappelant soudain que, sans lui, elle serait morte. De nouveau, elle était victime de ses hormones. Dans la seconde qui suivit, ses yeux s'emplirent de larmes.

— Tu as dit que de gâcher mes chances d'obtenir cet emploi ne t'avait rien coûté. Mais tu as bien dû leur promettre quelque chose en échange.

— Oui. Un jumelage avec mon pays et une campagne publicitaire commune.

— *Quoi* ?

— Monte dans la voiture.

Callie tremblait — un vent glacial balayait la rue. Ils s'affrontèrent un instant du regard, dans un silence de plomb. Elle savait, cette fois, qu'elle ne pouvait plus lui échapper.

— Où comptes-tu m'emmener ?

— Je pensais que tu avais le sens de l'aventure ?

— Je n'aime pas les surprises.

— Dommage.

Avec un soupir de capitulation, elle prit place sur le siège passager. La porte se referma avec un cliquetis à peine perceptible, puis l'Italien s'installa au volant. L'habitacle sentait le cuir, les effluves de bois rare, l'eau de toilette raffinée de son propriétaire. Les bruits de la ville paraissaient lointains dans cet univers luxueux, cette machine dont les rouages tournaient avec une précision infaillible, comme l'esprit de Luca.

La ville laissa place aux faubourgs, puis à des champs

baignés d'une lumière blême. Il ne fallut pas longtemps à Callie pour deviner qu'ils avaient pris le chemin de l'aéroport. Où l'emmenait-il ? Chez lui ? La perspective de découvrir le Fabrizio excitait Callie et la terrifiait tout à la fois. Car elle n'était pas sûre que toutes ses bonnes résolutions résisteraient longtemps aux assauts de Luca s'il se mettait en tête de la séduire.

8.

L'avion officiel du Fabrizio les attendait sur la piste — pour une fois, Luca ne comptait pas piloter lui-même. Il y fit monter Callie avec autant d'égards que si elle était déjà princesse. Il comprenait son besoin d'autonomie, bien sûr. Il comptait lui proposer une alliance raisonnée, dans leur intérêt mutuel. Restait à savoir si elle accepterait.

Une chose était sûre : elle avait envie de lui. L'atmosphère palpitait d'une tension sourde quand ils étaient ensemble, assez pour affoler tous les instruments de l'avion. Sitôt à bord, il lui prit le poignet pour la conduire vers la cabine privée située à l'arrière de l'appareil. Il avait demandé à n'être dérangé en aucun cas, sauf urgence absolue. Le désir de Callie clignotait comme un néon dans la nuit, et il comptait bien y répondre.

— Luca…, souffla-t-elle quand il referma la porte derrière elle.

Elle portait toujours le tailleur et les talons qu'elle avait choisis pour son entretien d'embauche. Il lui posa un doigt sur les lèvres.

— Chut. Garde les chaussures.

— Pardon ?

— Tu m'as entendu. Retire tout le reste.

Les talons mettaient en valeur ses jambes sublimes, sa silhouette parfaite. Brûlant d'impatience, Luca l'emprisonna contre la porte et déposa un baiser dans son cou, pour le plaisir de l'entendre gémir.

— T-tout le reste ?

— Tout le reste, confirma-t-il.

Une lueur d'excitation illumina le regard de Callie, mais elle secoua la tête.

— Tu ne m'as toujours pas dit où nous allions.

— C'est une surprise.

— Je sais que nous allons au Fabrizio, de toute façon. Je veux juste te l'entendre dire. Si tu acceptes, je me déshabille.

Au lieu de répondre, Luca appuya son bas-ventre contre le sien.

— Et maintenant ?

— Ce… C'est de la triche.

— La fin justifie les moyens.

Il se frotta contre elle, doucement, afin de lui faire sentir la puissance de son érection, puis recula. Avec un soupir de frustration, Callie s'arc-bouta pour rétablir le contact entre eux. En fond, les réacteurs de l'appareil démarrèrent.

— Tu es toujours habillée, fit valoir Luca.

— Nous ne pouvions pas discuter à Blackpool ? demanda la jeune femme, sans doute pour gagner du temps.

— Dans un hôtel ? Un endroit anonyme et froid ? C'est ce que tu préférerais ? Tu n'es pas mieux ici ?

Sa main trouva sa culotte moite, et entama une caresse qui arracha un hoquet de plaisir à Callie.

— Je… Je ne peux pas.

— Je suis sûr que si.

— Regarde autour de toi. Ton existence n'a rien de normal…

— N'essaie pas de me distraire.

Sa langue glissa contre la sienne, tendre et persuasive. Après quelques secondes, Callie s'affaissa entre ses bras, vaincue. De sa main libre, il continua son va-et-vient entre ses cuisses, jusqu'au moment où il la sentit jouir dans un déferlement brûlant, se mordant la lèvre pour ne pas crier.

Les yeux clos, Callie s'efforça de reprendre son souffle. Luca en profita pour dégrafer son chemisier et libérer ses seins. Il les embrassa tour à tour, s'attardant sur leurs pointes bourgeonnantes.

— Je suggère de passer au lit…

— Nous allons décoller. Tu ne crois pas que nous devrions nous attacher ?

— Nous attacher ? Avec plaisir, si c'est ce que tu aimes…

— Tu as l'esprit mal tourné.

— Pas du tout, répondit Luca, qui souleva les draps pour révéler des ceintures adaptées au lit.

— Tu crois qu'il y aura des turbulences ?

— Oh oui. Énormément.

Callie se mit à rire, visiblement plus détendue.

— Tu es pire que ce que je pensais.

— Et encore, tu n'as pas tout vu…

Il l'embrassa de nouveau, avant de se détacher d'elle et de l'étudier longuement. Contrairement aux femmes qu'il fréquentait en général, Callie semblait inconsciente de sa beauté, de l'effet qu'elle produisait sur lui.

— Pourquoi tu me regardes comme ça ?

— Parce que j'ai envie de toi.

— Ça tombe bien. J'ai envie de toi, moi aussi.

Ils tombèrent sur le lit, et Luca roula sur le dos pour installer Callie sur lui. Il pétrit ses fesses tout en l'embrassant, puis inversa d'un coup leur position et s'allongea sur elle. Les jambes de la jeune femme calées contre ses épaules, il se pencha entre ses cuisses. Sa langue, au creux de son être, lui arracha des soubresauts de plaisir.

Au moment où le pilote mettait les gaz, il glissa enfin en elle. L'accélération intensifia leur fusion, le plaisir qu'ils se procuraient, et lorsque l'appareil atteignit son altitude de croisière, Callie avait joui deux fois. À son tour, Luca lâcha un soupir rauque et s'abandonna en elle avant de retomber sur le lit, hors d'haleine.

Jamais il n'avait connu une extase pareille — et il avait eu bien des maîtresses. Où tout cela les mènerait-il ? Il n'en avait aucune idée. Pour l'instant, il était d'ailleurs incapable de réfléchir. Il n'avait qu'une envie : recommencer.

— Je voudrais formuler une plainte, murmura-t-il en attirant Callie dans ses bras.

— Une plainte ? Vraiment ?

— Oui. Tu devrais porter plus de vêtements. Pour que j'en aie davantage à enlever.

Elle se mit à rire, visiblement soulagée.

— Au moins, je saurai quoi t'offrir à Noël.

Callie s'assombrit aussitôt, et Luca se rappela qu'il ne restait que quelques jours avant les fêtes. Il avait été si occupé, ces dernières semaines, qu'il n'avait pas vu le temps passer.

— Eh, souffla-t-il en lui embrassant le bout du nez, ne t'inquiète pas. Nous serons ensemble. Je ne t'abandonnerai pas.

— Vraiment ?

— Vraiment. Tu ne passeras pas Noël dans un meublé glacial au-dessus d'un magasin. Je veux te montrer l'endroit où je vis.

— Je sais où tu vis. Dans un palais.

Elle soupira comme si elle imaginait un univers baroque rempli de trésors, d'œuvres d'art et de domestiques en livrée. La réalité était bien plus prosaïque. Le palais du Fabrizio était un bâtiment moderne, un lieu de gouvernement. Luca lui préférait nombre de ses autres résidences mais, depuis son couronnement, il y passait la plupart de son temps.

Épuisée, Callie finit par s'endormir. Il resta allongé près d'elle, les mains croisées derrière la tête, passant ses projets en revue pour s'assurer qu'aucun grain de sable ne viendrait gripper la machine. Quand elle se réveilla une heure plus tard, la jeune femme repéra aussitôt le portant chargé de tenues qui attendait près du lit.

— D'où ça vient, tout ça ?

— Une hôtesse a apporté cette petite sélection pendant que tu dormais.

— Pendant que je dormais ? Nue dans tes bras ?

— Tu étais couverte. J'ai demandé que l'on embarque de quoi t'habiller, en prévision de notre arrivée.

— J'ai déjà mon tailleur.

Amusé, Luca baissa les yeux vers la veste et la jupe froissées abandonnées à même le sol de la cabine.

— C'est une première, je dois l'avouer.

— Quoi donc ?

— Une femme qui ne se jette pas sur un portant de vêtements.

— Espèce de macho.

Callie enroula un drap autour de sa poitrine, se leva et ajouta d'un ton solennel :

— Je n'ai pas dit que je ne regarderais pas. Mais si quelque chose me plaît, j'insiste pour payer.

— J'y comptais bien, répondit Luca du même ton.

— Tu te moques de moi, n'est-ce pas ?

— Un tout petit peu.

Ils se dévisagèrent un court instant, souriant tous les deux. Luca peinait encore à mettre un nom sur les émotions que Callie lui faisait ressentir. Il était d'un naturel réservé. Même avec son père adoptif, sa relation avait été pudique, virile. Rien dans sa vie n'avait été douceur — jusqu'à Callie. Les cheveux en bataille, ensommeillée, elle était d'une beauté à couper le souffle. Il brûlait d'envie de la protéger, de lui parler, de lui faire l'amour, et il sentit son sexe qui durcissait à cette idée. Malheureusement, ils n'avaient pas assez de temps devant eux. L'avion allait bientôt atterrir.

— J'ai hâte de voir la tenue que tu vas choisir. Surprends-moi.

— C'est ce que je m'efforce toujours de faire.

Cette fois, Luca ne put résister. Avec un rire grave, il traversa la cabine et planta un baiser sur les lèvres de la jeune femme.

— C'était pour quoi, ça ?

— Un simple acompte. La suite sera versée plus tard.

— Je te préviens : je suis incorruptible.

Sourire aux lèvres, Luca quitta la chambre. Ils avaient fait l'amour, dormi côte à côte pour la première fois. Restait à trouver un accord qui leur conviendrait à tous les deux. Car s'il ne doutait pas de Callie, de sa générosité et de son enthousiasme, il ne pouvait prévoir comment elle réagirait à l'idée d'élever leur enfant au Fabrizio. Il était prêt à bien des concessions mais ce point-là, à ses yeux, n'était pas négociable.

Callie choisit un jean tout simple, un chemisier blanc et un blazer bleu marine, le tout accompagné d'une paire de bottines. Elle se sentait à l'aise dans cet ensemble, du moins jusqu'au moment où elle vit le chauffeur en livrée qui les attendait au pied de l'appareil, devant une limousine ornée de drapeaux au blason du Fabrizio : un étalon noir cabré et une mandoline. Ce spectacle lui rappela brutalement que son amant n'était pas un homme comme les autres.

Le chauffeur se redressa quand Luca apparut. Callie, soudain, se sentait vulnérable. Son jean et son blazer lui paraissaient d'autant moins adaptés que Luca portait à présent un costume sombre et une impeccable chemise bleu pâle, ouverte au col. Il ressemblait *vraiment* à un prince. Ce qui ne faisait pas de lui un être supérieur, se rappela-t-elle. L'air qu'ils respiraient n'appartenait à personne, aurait dit Ma Brown.

— Prends mon bras, déclara Luca au sommet de la passerelle.

Surprise qu'il puisse vouloir s'afficher en sa compagnie, elle hésita.

— Tu es sûr ?

— Oui. Tant que tu me le rends.

Callie pouffa — il avait le don de désamorcer les situations les plus tendues. Une minute plus tard, elle s'engouffra dans la limousine après avoir échangé un sourire aimable avec le chauffeur.

— Tu vois, ce n'était pas si dur, fit Luca lorsque la porte se referma sur eux, dans ce silence luxueux auquel Callie commençait à s'habituer.

— Non, reconnut-elle.

Voyant Luca relever la vitre qui les séparait du chauffeur, elle demanda :

— Qu'est-ce que tu fais ?

— J'ai envie de toi.

Sans lui laisser le temps de répondre, il la souleva pour l'asseoir sur ses genoux.

— Tu aurais dû choisir une robe…

— Je ne…

Il l'interrompit d'un baiser, puis glissa une main entre ses jambes et exerça une pression sensuelle à travers son jean. Callie ravala un gémissement de plaisir.

— Oh non…

— Oh non ? ironisa son compagnon. Tu me demandes d'arrêter, c'est ça ?

— Surtout pas… Je regrette moi aussi de ne pas avoir choisi une robe.

— Je suis sûr que nous allons nous débrouiller.

D'une main assurée, il lui ouvrit son jean et l'aida à s'en extraire. Callie jeta un coup d'œil vers les vitres fumées, le cœur battant.

— Tu crois que nous avons le temps ?

— Oui. Enlève ce string, ordonna Luca, croisant les bras pour la regarder faire.

— Et toi, tu ne déshabilles pas ?

— Voilà…

Avec un grand sourire, Luca fit glisser sa braguette et sortit son sexe rigide. Elle descendit sur lui avec douceur, incroyablement excitée. Il la guida, lui imposant d'abord un rythme dont la lenteur confinait à la torture. Puis ses estocs s'accentuèrent, en puissance et en fréquence. Après deux minutes de cette délicieuse torture, Callie enfouit son visage dans la veste de Luca pour étouffer un interminable gémissement de plaisir.

— Ça va mieux ? demanda-t-il quand elle redressa enfin la tête.

— Tu… Tu crois que nous avons le temps de recommencer ?

Luca l'embrassa avec un rire sourd, puis s'employa à la satisfaire.

9.

Le Fabrizio était une principauté pittoresque, une ville enroulée sur elle-même dans un dédale de rues pavées. Les gens s'exclamaient et agitaient la main au passage de la limousine. Lorsque Callie se fut rhabillée, Luca baissa la vitre pour saluer son peuple.

Construit au sommet d'une colline, le palais princier n'avait conservé qu'une aile du bâtiment d'origine. Le reste, plus récent, formait une construction élégante et sobre. Après quelques instants, la limousine s'arrêta au pied d'un escalier monumental. Luca confia Callie aux bons soins d'une gouvernante qui venait d'apparaître avant de s'engouffrer dans le bâtiment. Elle eut à peine le temps de cligner des yeux qu'il avait disparu.

Impressionnée par tant de splendeur, Callie traversa un foyer monumental, se tordant le cou pour admirer les armes anciennes et les portraits d'ancêtres qui y étaient exposés. La gouvernante la conduisit jusqu'à un appartement qui respirait l'opulence au premier étage, puis s'éclipsa tel un fantôme après s'être assurée qu'elle n'avait besoin de rien.

Passé les premiers moments de stupeur, Callie explora timidement ses quartiers. Ses pieds s'enfonçaient dans de luxueux tapis de laine, les fenêtres offraient une vue spectaculaire sur la campagne environnante. Tableaux de maîtres, miroirs dorés — *mais où avait-elle atterri ?*

Incapable de se défaire d'un sentiment d'irréalité, elle

passa dans la salle de bains et prit une douche rapide. La pièce était assez large pour accueillir toute une équipe de rugby. Un choix de baumes, de crèmes et de lotions de toutes sortes s'offraient à elle dans des pots de verre ou de céramique. Il n'y avait pas un tube ou un morceau de plastique en vue. Callie tourna sur elle-même, fascinée par la beauté du marbre veiné de rose qui ornait les murs. Son regard s'arrêta sur un téléphone mural, mais elle ne voulait pas donner à Luca l'impression qu'elle avait besoin de lui. C'était à lui d'appeler, pas le contraire.

Enveloppée dans un épais peignoir éponge, Callie revint dans le salon, puis s'approcha de la fenêtre pour admirer les montagnes qui frangeaient l'horizon. Le paysage était magnifique, exotique, et elle eut soudain le mal du pays. Avide d'entendre une voix familière, elle décrocha son portable. Ma Brown répondit aussitôt.

— Oui, ma chérie ? Tout va bien ?

L'inquiétude perçait dans la voix de Ma. Callie, qui ne voulait pas l'inquiéter, prit son ton le plus enjoué pour répondre :

— Oh, à merveille ! Je voulais juste te raconter ma journée.

— Comme c'est gentil !

Ravalant la boule qui s'était logée dans sa gorge, Callie poursuivit :

— Je viens d'arriver au Fabrizio.

— Je le savais ! Tu es avec le prince ?

— Oui. Mais il y a autre chose…

— Tu es enceinte ! cria Ma Brown d'une voix aiguë.

Malgré sa tension, Callie éclata de rire.

— Oui.

— Il t'a déjà demandée en mariage ?

— Non, reconnut-elle.

La voix de Ma tonna, indignée, au bout du fil.

— Pourquoi pas ? Tu veux que je vienne lui botter

les fesses et lui dire de se dépêcher ? J'en suis capable, tu sais.

— Je n'en doute pas, répondit Callie en riant. Je vais me débrouiller, ne t'en fais pas.

— Bon. Parle-moi de ce pays alors. Le Fabrizio.

— C'est pour l'essentiel une ville entourée de quelques villages. Tout est impeccable, ici. Il n'y a pas un papier dans les rues. Imagine un croisement entre Dubaï et Monaco.

— Ooooh, murmura Ma, impressionnée.

— Le palais de Luca est un mélange d'ancien et de moderne. L'aile que j'occupe date de sa construction. On dirait le château de Cendrillon. Il y a des créneaux, des tourelles, et même un pont-levis. Mais le reste de la bâtisse date du siècle dernier.

— Grands dieux… Ce n'est pas un peu intimidant, tout ça ?

Si tu savais ! songea Callie. Mais elle répondit d'un ton bravache :

— Pff, pas pour des gens comme nous, Ma.

— Tu as raison ! Je me suis un peu documentée sur le Fabrizio et j'ai lu que la nature y était très belle. Raconte.

Callie hésita — elle n'avait pas vu grand-chose de son environnement durant le trajet, et pour cause !

— Je n'ai pas encore eu le temps de voir beaucoup de choses. Je viens tout juste d'arriver. Mais dès que je connaîtrai un peu mieux le pays, je te ferai un rapport détaillé, promis.

— Parfait. Je dois avouer que je m'intéresse à ton prince depuis qu'il a volé à ton secours.

— Ma, ce n'est pas *mon* prince.

— Apparemment, son père adoptif était issu d'une lignée très ancienne, poursuivit son amie, ignorant la correction.

Contrairement à Luca, dont la lignée remontait aux

rues de Rome. Ou à ses propres origines, songea Callie, un quartier ouvrier du nord de l'Angleterre. Mais c'était là qu'elle avait rencontré les Brown. Et leur amitié valait tous les palais de la terre.

— Quand reviens-tu en Angleterre ?

— Je ne sais pas.

— Si j'étais toi, je resterais le plus longtemps possible. Au moins jusqu'au bal.

— Quel bal ?

— Celui donné pour le couronnement de Luca. Tu ne peux pas le manquer. Je veux que tu me racontes tout.

— Je doute d'être invitée, répondit Callie.

De fait, Luca n'avait pas évoqué le moindre bal, et c'était tant mieux. Elle se voyait mal dans un environnement si formel. Elle était sûre de commettre une gaffe, de faire un faux pas qui lui vaudrait une cinglante humiliation. Alors très peu pour elle.

— Ne me déçois pas, reprit Ma Brown. Rappelle-toi que tu voulais de l'aventure, et un bal au palais princier me paraît répondre à cette définition.

— Je ne suis pas Cendrillon. Je n'ai pas de fée en guise de marraine.

— N'en sois pas si sûre. Et n'oublie pas de m'inviter au mariage !

Ma Brown raccrocha avant que Callie puisse répondre. La jeune femme soupira — son amie lisait décidément trop de romans à l'eau de rose. Le cœur lourd, elle s'approcha du miroir ovale qui surmontait sa coiffeuse pour étudier son reflet. *Mais qu'est-ce que je fais ici* ? se demanda-t-elle pour la énième fois. Elle était tentée de se pincer pour s'assurer qu'elle ne rêvait pas.

Elle fit un bond lorsqu'un toussotement gêné se fit entendre dans son dos. La mine contrite, une employée du palais se dandinait sur le seuil.

— Pardon, madame. J'ai frappé mais personne n'a répondu.

— Désolée, j'étais plongée dans mes pensées. Et appelez-moi Callie. Que puis-je faire pour vous ?

La fille s'écarta pour laisser entrer plusieurs portants, poussés par des domestiques qui se retirèrent aussitôt. Callie fixa les robes de soirée disposées devant elle, éberluée.

— Il doit y avoir une erreur.

— Il n'y a pas d'erreur, madame. Son Altesse vous présente ses excuses pour l'invitation tardive au bal, et vous demande de sélectionner la robe de votre choix.

— Luca… Son Altesse veut m'inviter au bal ?

— Oui, madame.

Dans ce cas, pourquoi Son Altesse n'avait-elle pas la courtoisie de lui annoncer la nouvelle en personne ? se demanda Callie. Mais elle sourit à la domestique, qui n'était pour rien dans les décisions du souverain.

— Merci beaucoup.

— Je vous en prie, madame. Dès que vous aurez fait votre choix, n'hésitez pas à sonner. Je reviendrai pour vous aider à vous habiller.

— Le bal est ce soir ? s'enquit Callie, paniquée.

— Oh non. C'est juste pour voir s'il y a des retouches à faire. Le prince m'a également demandé de vous dire qu'il vous rejoindra à 19 heures pour voir quelle robe vous avez choisie.

Et pour me la retirer, ajouta Callie en son for intérieur. Elle commençait à connaître Luca. Assez en tout cas pour savoir qu'il la préférait nue qu'habillée.

La domestique partie, elle s'approcha des portants. Elle n'avait jamais vu un tel assortiment de robes hors d'un magasin. Il y en avait de toutes les couleurs, en satin, en soie, brodées, perlées, lamées, décorées de rubans, de sequins, longues, courtes, à bretelles, à bustier.

La plupart étaient largement décolletées ou fendues à la cuisse. Callie redoutait presque de les toucher tant elle avait peur de les abîmer, mais elle devait faire un choix. Elle en sélectionna une aigue-marine, sa couleur préférée, et la plaqua contre elle pour juger de l'effet. Couverte de perles, elle était trop lourde, mais la qualité de la coupe était époustouflante.

L'une après l'autre, elle fit défiler les robes. Impossible d'en trouver une qui lui convenait. Avec un soupir, elle alla tirer le pompon qui pendait près de la porte. Quelques secondes plus tard à peine, la domestique apparut.

— Oui, madame ?

— J'aimerais aller faire du shopping. Il doit bien y avoir une rue commerçante en ville ?

— Du shopping ? répéta l'autre comme si elle avait suggéré de danser nue en pleine rue. Oh ! non. Je vais vous faire livrer une nouvelle sélection.

— Vraiment ?

— Bien sûr.

— D'accord. Je cherche quelque chose de plus... sobre.

— Je comprends.

La porte se referma, et Callie soupira. Qu'était-elle censée faire, maintenant ? Elle tenta d'appeler Luca — autant essayer de joindre la reine d'Angleterre. Elle parla à cinq secrétaires différents qui refusèrent tous de lui passer le prince. Il était déjà 20 heures — la faisait-il attendre intentionnellement ? Si c'était le cas, elle n'allait pas se laisser mourir de faim. Elle dénicha le numéro de l'intendance sur sa table de nuit et se fit monter du thé et des sandwichs.

Ce maigre dîner terminé, elle arpenta l'appartement jusqu'à en connaître le moindre recoin par cœur. *Une cage en or pour la perruche du prince* fut l'image qui lui vint à l'esprit. L'endroit était élégant mais impersonnel, les tiroirs vides. Il n'y avait pas le moindre livre. Pas de télévision non plus — trop vulgaire, sans doute. Callie ouvrit les portes de sa véranda privée pour s'installer à une table de fer forgé et profiter un peu de la fraîcheur de la nuit. C'était une belle soirée, mais où était Luca ? L'avait-il déjà oubliée ?

Elle rentra lorsque la température commença à chuter. Elle avait oublié que la domestique avait promis de lui faire livrer une nouvelle sélection de vêtements, et fut surprise de découvrir les boîtes et les sacs qui attendaient dans le salon. Elle y trouva un jean et un débardeur de coton qu'elle enfila à la place de son peignoir puis, de nouveau désœuvrée, regarda autour d'elle.

Encore un peu de thé, Callie ?

Volontiers, merci.

Elle venait de se resservir, et commençait presque à s'amuser de sa situation, lorsque Luca apparut. S'habituerait-elle jamais à cette beauté diabolique ? Il avait troqué son costume contre un jean et une chemise de lin dont les manches remontées révélaient ses avant-bras musclés. Ses épaules auraient rendu jaloux un nageur olympique, et la jeune femme oublia tous ses griefs lorsqu'il s'approcha d'elle. Elle devait pourtant avoir une discussion sérieuse avec lui. Tomber sous son charme n'était pas au programme. Pas tout de suite, en tout cas.

— Ah, je vois que les robes sont arrivées, remarqua-t-il en infléchissant sa trajectoire vers un canapé, sur lequel il se laissa tomber avec nonchalance. Que le défilé de mode commence, alors.

— Tu ne préfères pas te changer dans une cabine ?

Comme Luca la dévisageait d'un air interdit, elle expliqua :

— Tu as parlé d'un défilé de mode. Ça veut bien dire que tu comptes essayer ces robes, non ?

Il se mit à rire, puis secoua la tête.

— J'avais presque oublié ton caractère de cochon.

— Caractère de cochon ou pas, nous devons avoir une discussion, toi et moi.

— Bientôt. Mais d'abord, portons un toast.

— Avec du thé ?

— Je peux faire monter du champagne.

— Je ne peux pas boire…

— Oups, bien sûr que non.

Luca se releva d'un bond souple, entremêla ses doigts aux siens en un geste d'une tendresse surprenante et lui décocha un sourire désarmant.

— Désolé. L'espace d'un instant, j'ai failli oublier pourquoi nous étions là.

— Ne l'oublie pas, justement.

— Je voulais proposer un toast à la santé de l'héritier du Fabrizio.

— Hum. Dans ce cas, je te pardonne.

Luca sourit de nouveau. Sans la tension sexuelle à couper au couteau, un observateur extérieur aurait pu croire à une discussion entre deux vieux amis.

— Alors, reprit le souverain en se tournant vers les portants. As-tu choisi ta tenue pour le bal ? C'est important. Je compte te présenter à mes invités à cette occasion.

— En tant que quoi ?

Luca fit mine d'y réfléchir, puis suggéra :

— Mon assistante ? Non… Ah, je sais : gardienne des bijoux de la Couronne.

— Je suis sérieuse. Arrête de te moquer de moi. J'ai besoin de savoir où je mets les pieds, sinon je serai mal à l'aise.

— Très bien. Le bal est demain soir, tu dois être d'une beauté à couper le souffle. Choisis-toi une robe qui réponde à ce cahier des charges et tout ira bien.

Perplexe, Callie étudia la débauche de portants et de sacs qui s'offrait à elle. Le choix lui faisait tourner la tête.

— Je vais me changer dans la salle de bains. Je te préviens, si je trouve quelque chose ridicule, je ne sors pas.

— À ton aise.

Callie décrocha la robe aigue-marine qu'elle avait déjà repérée et alla l'enfiler. Son impression fut la même que la première fois. Ce qu'elle gagnait en décolleté, elle le perdait en assurance. Quand elle sortit, Luca confirma son jugement.

— Non. Tu ressembles à une sirène tout juste sortie de l'eau, observa-t-il tandis qu'elle se dandinait pour avancer tant la robe était raide.

Il fouilla dans plusieurs boîtes, puis tira une robe rose pâle de l'une d'entre elles.

— Et celle-là ? Qu'en dis-tu ?

— Pourquoi pas ? Je vais l'essayer.

Luca avait bon goût — la robe lui allait à merveille. Callie tourna plusieurs fois devant le miroir, lissant le tissu sur ses hanches. Sur le côté droit, une fente remontait presque jusqu'en haut de sa cuisse. Elle prit une profonde inspiration, puis émergea de la salle de bains.

Le visage de Luca ne changea pas lorsqu'il l'aperçut. Pas un muscle ne tiqua, rien. Mais il se leva et s'approcha d'elle à pas lents, une tempête dans le regard. Son intention était claire, et Callie leva la main pour le tenir à distance.

— Non, non et non… N'y pense même pas.

— Pourquoi ? Nous n'avons rien à craindre, tu es déjà enceinte !

— Luca !

Il étouffa ses protestations d'un baiser. Ses mains étaient brûlantes et le frêle tissu de sa robe n'offrait pas à la jeune femme la moindre protection contre ses ardeurs. Il tira sur le bustier d'un coup sec pour dévoiler ses seins, puis remonta l'ourlet jusqu'à ses hanches. Elle ne portait qu'une culotte en dessous, que Luca s'empressa d'arracher tandis qu'il la plaquait contre le mur. Ses doigts inquisiteurs explorèrent la fleur de son être — elle était moite, prête pour lui. Tout en libérant son sexe, il écarta les cuisses de Callie du genou. Puis il plongea en elle, d'un seul coup de reins. L'atmosphère était brûlante, il n'était pas question de douceur mais d'une passion animale. Luca revint à la charge avec une fougue haletante, encore et encore, jusqu'à lui arracher des soupirs de plaisir de plus en plus forts, de plus en plus rapprochés.

— Je ne te sens pas, hoqueta-t-elle.

— Pardon ?

Callie étouffa un éclat de rire.

— Je ne parle pas de… ça. Je veux dire, je ne sens pas ton corps, expliqua-t-elle en tirant sur sa chemise. Je veux ta peau contre la mienne.

Sans se faire prier, il ôta sa chemise et plaqua son torse puissant sur les seins nus de Callie. Sa robe était en lambeaux mais elle s'en moquait. Seule importait la sensation de ses tétons sur les pectoraux de Luca, les décharges électriques qui la traversaient à chaque endroit où leurs corps se touchaient. Un cri d'encouragement franchit ses lèvres, puis un autre. Elle était sur le point de jouir et elle le lui fit savoir en le regardant droit dans les yeux. La pièce se disloqua, la nuit s'illumina, et plus rien d'autre ne compta que le bonheur qui coulait dans ses veines.

10.

Callie ouvrit un œil, puis l'autre. Où était-elle ? Sa tête reposait sur un oreiller épais, parfumé de soleil et de lavande. Le lit était plus ferme que d'habitude, la couette plus légère, et son corps alangui d'une délicieuse torpeur. Elle tourna la tête avec un soupir de satisfaction, s'étira en étouffant un bâillement. Peu à peu, la mémoire lui revint. Luca, leur enfant, le Fabrizio. D'une main, elle chercha son amant à côté d'elle, mais le lit était vide.

Elle se redressa, pleinement réveillée. L'oreiller voisin du sien portait encore la marque de sa tête. Elle n'avait donc pas rêvé la nuit dernière. Elle avait vraiment dormi dans un palais, vraiment fait l'amour à un prince. Incroyable. Mais tout était calme dans l'appartement, constata-t-elle lorsqu'elle tendit l'oreille. Elle était seule.

Callie sursauta en entendant frapper à la porte. Une femme de chambre, sans doute. Elle aperçut sa robe déchirée par terre et bondit à bas du lit, les joues brûlantes.

— Juste un instant !

La rumeur se répandrait bien assez vite, elle n'allait pas l'y aider !

Elle ramassa sa robe, la fourra sous son lit, enfila son peignoir et prit la pose la plus décontractée qu'elle put.

— Entrez !

Une domestique parut, poussant un chariot devant elle.

— Votre petit déjeuner. De la part de Son Altesse,

ajouta la jeune fille en désignant la rose rouge qui accompagnait les plats.

Callie s'efforça de ne pas rougir plus furieusement encore.

— Merci.

— Oh ! et ceci vient d'arriver par courrier exprès.

La domestique lui tendit un paquet qu'elle étudia avec surprise. Son cœur bondit lorsqu'elle reconnut l'écriture de Ma Brown.

— Aurez-vous besoin de quoi que ce soit d'autre ?

— Non. Et merci pour le petit déjeuner.

Callie attendit que la domestique fût sortie, puis déchira l'enveloppe, un sourire aux lèvres.

— Ma Brown, qu'est-ce que tu as encore fait…

La réponse glissa du colis. Ma lui avait acheté une robe pour le bal. Du prêt-à-porter d'une coupe toute simple, mais qui lui allait à merveille. Il n'était pas difficile de croire qu'elle venait de l'un des portants restés au milieu du salon. Une paire d'escarpins — ceux qu'elle avait achetés pour son voyage en Italie — compléterait cet ensemble à merveille. Callie prit son téléphone pour appeler l'Angleterre, se demandant ce qu'elle avait fait pour mériter des amis pareils.

C'était le soir du grand bal et tous ses invités étaient arrivés. Tous sauf Callie. Où était-elle, bon sang ? Il n'était ni habitué, ni enclin à attendre. Contenant à grand-peine son impatience, Luca se tourna vers la porte par laquelle la jeune femme devait faire son entrée.

Une excitation presque palpable électrisait la foule. La rumeur d'une annonce officielle avait fait le tour de la ville, et tout le monde avait tenu à être là. Des centaines d'invités de toutes origines se pressaient sous les plafonds garnis de fresques, se frôlaient sous les lourds chandeliers de cristal qui tombaient en une pluie étincelante. Des serveurs sillonnaient l'assemblée, proposant un assortiment de canapés préparés par les meilleurs cuisiniers du pays. Des dignitaires étrangers s'étaient également déplacés, diplomates, hommes d'affaires, membres de vieilles familles royales.

Alors où était Callie ?

Son retard était inexcusable — et inexplicable. Il avait donné ordre à son secrétaire particulier de lui envoyer les meilleurs coiffeurs et maquilleuses pour l'aider à se préparer. Pourquoi la gouvernante n'avait-elle pas veillé à ce que la jeune femme fût à l'heure ? Callie se faisait-elle désirer ? Ou pire, avait-elle décidé de ne pas venir du tout ?

Il haussa les épaules, la mine sombre. Callie était la seule femme au monde dont il ne pouvait prévoir le comportement. Il n'avait donc d'autre choix que d'attendre, comme tout le monde. Pour une fois, son statut de prince ne changeait rien à l'affaire.

Voilà, plus question de reculer, songea Callie tandis que deux soldats en tenue d'apparat ouvraient les portes dorées devant elle. Elle prit une profonde inspiration, presque aveuglée par le jeu de la lumière sur l'argenterie, les rivières de diamants, le cristal. Redressant le menton, elle fit un pas en avant.

— *Signorina* Callista Smith.

Callie regarda tout autour d'elle lorsque la voix désincarnée annonça son entrée, venue de nulle part.

— C'est vous, mademoiselle, lui souffla l'un des soldats, visiblement amusé.

— Merci ! répondit-elle du même ton.

Tous les visages s'étaient tournés vers elle. Même l'orchestre avait arrêté de jouer. Du haut du majestueux escalier où elle se tenait, la foule semblait compacte, impénétrable — presque hostile. Callie sentit sa gorge s'assécher. Elle serra les poings et s'apprêta à descendre, priant pour ne pas trébucher sur ses talons.

— Attends.

Luca avançait à travers la foule, qui s'écartait comme par miracle sur son passage. Vêtu d'un splendide uniforme de parade, il était d'une beauté à couper le souffle. Était-ce là l'homme avec lequel elle avait fait l'amour ? Celui dont elle portait l'enfant ? Cet intimidant souverain était-il l'amant tendre et attentionné qu'elle connaissait plus intimement qu'aucun autre invité ? Elle, la fille des docks ?

Arrivé à sa hauteur, il lui offrit son bras avec un clin d'œil.

— Je peux ?

— Merci.

Le silence, dans l'immense salle de bal, était absolu. Les invités semblaient avoir arrêté de respirer.

— Tu es magnifique, souffla Luca tandis qu'ils descendaient.

— Je suis désolée d'avoir mis si longtemps, chuchota-t-elle en retour. Si tu avais vu la tête que m'a faite ton coiffeur… J'ai dû tout refaire moi-même. Je ne te parle même pas du maquillage.

— Mais tu n'en portes pas.

— Exactement. Avec mes faux cils et mes joues rouges comme des pommes, tu serais parti en courant.

— Ça m'étonnerait.

Ils atteignirent enfin les dernières marches, sous les regards insistants du public. La présence de Luca rassurait Callie, qui n'hésita pas un instant lorsqu'il lui proposa de danser.

Leur complicité dut transparaître dans l'aisance

avec laquelle elle glissa entre ses bras, car un murmure d'excitation parcourut la foule.

— J'ose à peine imaginer ce qu'ils doivent se dire, chuchota-t-elle.

— Ça te tracasse ?

— Non. J'aimerais juste être pieds nus. J'ai peur de t'embrocher avec ces fichus talons.

— Ne t'en fais pas pour moi, répondit Luca en riant. Où as-tu trouvé cette superbe robe ? Je ne me rappelle pas l'avoir vue sur le portant.

— J'ai mes petits secrets…

— Eh bien, d'où qu'elle vienne, elle te va à ravir.

— Merci, très cher. Tu n'es pas trop mal, toi non plus.

Il étouffa un rire grave, puis se pencha pour lui souffler à l'oreille :

— Tu ne trouves pas qu'il fait chaud ?

— C'est une autre de tes périphrases pour suggérer que tu veux me faire tomber dans le lit le plus proche ?

— Tu me connais bien.

— Tu m'as abandonné dans mes appartements, et maintenant je dois être à ta disposition, juste parce que tu claques des doigts ?

— Tu as tout compris.

— Tu ne doutes de rien.

— De rien du tout. Viens, je vais te montrer un endroit magique.

Il prit Callie par la main, puis l'entraîna sur une terrasse qui faisait le tour du palais, baignant dans un halo orangé de torches. Luca fut frappé de constater que même à cette époque de l'année certaines plantes étaient encore en fleur. Il ne remarquait en général pas ce genre de détail, mais la présence de Callie semblait attiser tous ses sens.

Quelques marches descendaient vers le jardin. Sans lui lâcher la main, il conduisit la jeune femme le long d'un sentier qui descendait entre deux pelouses impeccablement entretenues. Le parc s'arrêtait en contrebas sur les rives d'un lac. À une centaine de mètres de la berge, une île illuminée par des flambeaux jetait des reflets fauves sur l'eau calme. Du menton, Luca désigna la barque amarrée à un ponton.

— Vraiment ? fit Callie, baissant un regard dubitatif sur ses escarpins.

— Où est ton sens de l'aventure ?

Callie retira ses chaussures en riant, puis accepta la main qu'il lui tendait. Luca l'aida à monter dans la barque, et l'y rejoignit après s'être débarrassé de ses chaussures et de sa veste de smoking. Avec un soupir de soulagement, il retira son nœud papillon pour ouvrir les premiers boutons de sa chemise.

— Autrefois, j'allais souvent me réfugier sur cette île, expliqua-t-il.

— Je comprends. Tout est tellement beau, tellement paisible.

— Je n'y étais pas particulièrement sensible quand j'étais adolescent, confessa Luca, se mettant à ramer. Je voulais juste me cacher.

— Te cacher de quoi ?

— Je ne sais pas vraiment… J'avais besoin d'être seul. Il m'a fallu du temps avant de faire confiance au prince. Parfois, sans raison particulière, je ressentais de la colère. Peut-être avais-je besoin de tester mon père adoptif. Personne n'avait jamais cru en moi, et je ne comprenais pas ce qu'il me trouvait.

— C'est normal.

Luca s'arc-bouta sur les rames, et vit le regard appréciateur de Callie se fixer sur ses muscles. Pressé d'arriver, il accentua son effort.

— Quel genre de vie menais-tu, avant que le prince te trouve ?

— Je travaillais sur les marchés. Je proposais mes services au jour le jour en échange d'un fruit, d'un bout de fromage ou de pain dur. J'étais en haillons et, ma salle de bains, c'était le Tibre. Mais ne fais pas cette tête, ajouta-t-il en riant. Peu de gens ont eu une chambre aussi luxueuse que la mienne.

— Comment ça ?

— Je dormais au Colisée. J'étais devenu ami avec un garde qui regardait ailleurs quand je m'y glissais la nuit venue.

— À t'entendre, c'est très romantique. Mais tu devais geler, en hiver.

— Ce n'était pas toujours très confortable, je le reconnais. Mais l'atmosphère était unique. Je dormais dans la loge de César, plutôt que dans les donjons où les victimes attendaient autrefois leur funeste sort. Je ne possédais rien, à part une détermination de fer. Et la liberté absolue de saisir mon destin à bras-le-corps, ce que j'ai fait.

— À quel âge t'es-tu retrouvé à la rue ?

— Vers six ou sept ans, quand ma mère est morte. Le bordel où elle travaillait m'a jeté dehors. Personne n'avait le temps de s'occuper de moi, et je crois que ça m'a sauvé la vie. La clientèle de cet endroit n'était pas trop regardante sur l'âge de leurs proies, si tu vois ce que je veux dire.

— Seigneur... Mais comment t'en es-tu sorti, si jeune ?

— Je n'étais pas seul. Il y avait d'autres gamins dans les rues, plus âgés. Ils m'ont pris sous leur aile.

— Et comment as-tu fini au Colisée ?

— Nombre de gosses des rues y dormaient. Il était facile d'y entrer avec les touristes, puis de prétendre que j'avais perdu mes parents. On me donnait en général un bon repas et on s'occupait de moi. Bien sûr, à force, les gardes ont commencé à me reconnaître, mais ils m'avaient pris en affection. Les gens qui travaillaient là-bas ne gagnaient pas non plus beaucoup d'argent. Et il y avait toujours un hamburger ou un hot dog pas terminé à sauver des poubelles. Je ne me rappelle pas avoir eu faim. Le Colisée était presque un hôtel pour moi. J'y ai aussi énormément appris. Sur le sexe, la violence, la méchanceté. Sur la générosité aussi.

— Tu te souviens de tes parents ?

— Juste que ma mère était souvent épuisée, ou malade. J'ai dû apprendre à me débrouiller tout seul bien avant sa mort. De nos jours, on lui diagnostiquerait sans doute une dépression. Enfant, je n'étais pas à même de le comprendre.

— Et ton père ? s'enquit Callie après une infime hésitation. Tu l'as rencontré ?

— Il a débarqué sans crier gare, un soir, déclara Luca avec un rire creux. Les collègues de ma mère l'ont mitraillé de fruits pourris et d'œufs depuis la fenêtre. Je le revois qui hurlait dans la rue, la chemise maculée, avec sa boucle d'oreille en or.

— Il n'a pas l'air d'un chic type.

— Qui sait ? fit Luca avec un haussement d'épaules.

— Et maintenant, tu es prince, tu diriges un pays et tu vis dans un palais. Ça doit te paraître incroyable, non ?

— Non, ça me paraît normal. Si j'ai eu de la chance, c'est d'avoir rencontré le prince. Le reste, je l'ai conquis de haute lutte. Et ça n'a pas toujours été facile. J'étais pareil à un chat sauvage. Je n'avais pas envie qu'on m'enferme.

— Comment le prince t'a-t-il convaincu de changer de vie ?

— À force de patience.

Avec un choc sourd, leur embarcation toucha la rive de l'île. Luca aida Callie à descendre, réprimant son envie de la coucher sur le sable et de lui faire l'amour à lui en couper le souffle. Il devait faire preuve de patience.

À sa suite, Callie traversa l'îlot. Une pelouse verte caressait ses pieds nus. Des guirlandes entortillées dans les arbres brillaient comme autant de lucioles, prêtant au lieu une atmosphère magique. Au sein d'un bouquet d'arbres, un vieux kiosque apparut, dressant sa structure de fer forgé dans la douceur de la nuit.

— C'est là que tu venais bouder ? demanda-t-elle.

— Comment le sais-tu ? fit Luca en riant.

— J'ai été adolescente, moi aussi.

Avec un mystérieux sourire, Luca lui offrit ses mains. Elle les prit et se blottit contre lui, avec l'étrange impression qu'ils étaient seuls au monde. Peut-être, songea-t-elle entre deux baisers, que les contes de fées existaient. Peut-être était-il temps d'y croire.

— Épouse-moi, souffla Luca tout contre ses lèvres. Sois ma princesse.

Callie crut d'abord avoir mal entendu. Mais il répéta :

— Veux-tu devenir ma femme ?

La jeune femme le fixa sans un mot, plongée dans un désarroi absolu par cette requête inattendue. Elle recourut à l'humour pour le masquer.

— Tu ne devrais pas être à genoux ? Ou au moins sur un genou, à défaut des deux ?

— J'ai besoin d'une réponse, répliqua Luca avec le plus grand sérieux. Un simple oui ou un non. À moins que tu n'essaies de gagner du temps ?

— Je n'essaie pas de gagner du temps. C'est juste qu'il s'agit de mon avenir. De mon cœur, et de notre enfant.

— Dans ce cas, le mariage est la meilleure solution.

— Vraiment ?

— Tu sais pertinemment que oui.

Callie, idiote qu'elle était, se rendit compte qu'elle ne demandait pas mieux que d'y croire.

11.

— Mesdames et messieurs, je vous demande une minute d'attention, s'il vous plaît. J'ai quelque chose à vous annoncer.

Le silence tomba dès que la voix de Luca se fit entendre, amplifiée par des haut-parleurs habilement dissimulés derrière des colonnes.

— Je me rends compte que les douze coups de minuit sont sur le point de sonner, et je ne vous retiendrai pas longtemps, au cas où certains d'entre vous se transformeraient en citrouilles.

Un éclat de rire général accueillit sa remarque. Debout sur la scène de l'orchestre, Luca reprit :

— J'aimerais profiter de cette soirée pour vous présenter la femme que j'ai l'intention d'épouser.

Pas *la femme qu'il aimait*, nota Callie avec un sourire figé. Luca attendit un instant que le brouhaha provoqué par son annonce se calmât.

— La *signorina* Callista Smith est une femme exceptionnelle. J'ai beaucoup de chance de l'avoir rencontrée.

Sur un signe de lui, Callie approcha de l'estrade. Les invités la dévisagèrent avec une curiosité à peine voilée, puis se mirent à applaudir — plus par politesse que par enthousiasme, elle en aurait juré. Mais comment leur en vouloir ? Elle n'était qu'une illustre inconnue.

Luca leva la main pour réclamer le silence.

— Il va sans dire, reprit-il, que vous recevrez tous

une invitation au mariage. En attendant, profitez bien du reste de la soirée, comme j'ai l'intention de le faire avec ma charmante fiancée.

Comme par magie, l'orchestre se lança dans une valse qui tira l'assemblée de sa stupeur. Bientôt, la piste fut remplie de couples qui tournoyaient dans des éclats d'or et de pierres précieuses.

Callie fit de son mieux pour se convaincre que tout irait bien. L'avenir proche ne serait pas sans problème, bien sûr, mais Luca et elle les résoudraient. Il avait raison — c'était la meilleure solution. Ce ne fut que lorsque l'horloge sonna minuit, et que l'attention du souverain fut monopolisée par l'un des nombreux ambassadeurs présents, que tout bascula.

Callie avait vu Max en photo dans de nombreux magazines. En chair et en os, il était plus impressionnant encore. Aussi grand que Luca, il ne lui ressemblait pas pour autant. Normal, se rappela-t-elle, puisqu'ils n'avaient pas de lien de sang. Le visage de Max était fin et tranchant, son port altier, presque hautain.

Entièrement vêtu de noir, il arborait pour unique touche de couleur le rouge de son écharpe de fonction. Il se dirigeait vers Callie, un sourire sur ses lèvres cruelles, entouré d'un groupe de thuriféraires. Une femme magnifique était pendue à son bras, enceinte et elle aussi vêtue de noir. Sa tiare à elle seule aurait sans doute suffi à rembourser la dette de certains pays. Sachant qu'elle était la cible du groupe, Callie redressa le menton et s'efforça de ne pas tiquer lorsque Max s'arrêta devant elle. Sans la quitter des yeux, ce dernier inclina la tête vers sa compagne.

— Eh bien, ma chère, voilà donc le moineau que mon frère a capturé, et qu'il prétend faire monter sur le trône.

— Non ? s'exclama l'autre d'un air méprisant, comme

si Callie n'était pas là. D'où vient-elle ? Et où a-t-elle trouvé une robe pareille ?

Callie serra les dents — elle refusait de s'abaisser à leur répondre. Max et ses amis pouvaient rire de tout leur soûl, ils ne parviendraient pas à la déstabiliser.

— Dieu seul le sait, répondit Max. Peut-être dans le magasin discount où elle a dégotté sa couleur de cheveux.

Ses sbires gloussèrent, et Callie leva instinctivement la main vers ses cheveux. Un geste qu'elle regretta aussitôt, car il prouvait à ces imbéciles qu'ils l'affectaient.

— À titre d'information, c'est ma couleur naturelle.

Max tourna un regard ahuri vers ses amis.

— Oh ! elle parle ! s'exclama-t-il. Un talent qu'elle a dû apprendre dans *le pub où elle travaillait.*

Il avait accentué chaque syllabe, comme si le fait de travailler, dans un pub en plus, constituait une indignité. Ses compagnons ricanèrent de plus belle tandis que Callie s'efforçait de conserver son calme.

— Luca ne l'épouse que parce qu'elle attend un enfant, enchaîna Max, visiblement irrité par son silence. Il a désespérément besoin d'un héritier. Le fait de te voir enceinte, renchérit-il avec un clin d'œil pour sa compagne, a dû le rendre jaloux. Il essaie de rivaliser avec moi.

— Bonne chance ! s'exclama l'un de ses comparses.

Retroussant les lèvres en une parodie de sourire, Max approcha son visage de celui de Callie. Des effluves d'alcool lui alourdissaient l'haleine.

— Ne croyez pas une seconde qu'il s'agisse d'un conte de fées, très chère. C'est une simple transaction, aux yeux de Luca. Il ne s'intéresse pas à vous. Il ne s'intéresse à personne. Tout ce dont il a besoin, c'est d'une descendance, le seul moyen pour lui de conserver le pouvoir.

Callie tiqua malgré elle, et l'autre reprit d'un air satisfait :

— Ah, je vois que vous l'ignoriez. Bien sûr. C'est écrit dans notre Constitution. S'il n'a pas d'enfant dans les deux ans, le trône me revient. Pour lui, vous n'êtes qu'une couveuse ambulante.

Il recula d'un pas, puis eut un geste irrité à l'adresse de ses amis.

— J'en ai assez de cet endroit. On y invite n'importe qui, de nos jours. Le casino nous attend. Le doux son de la roulette nous distraira de ces conversations de provinciaux. Et s'il n'y suffit pas, il ne nous restera plus qu'à boire pour oublier !

— Elle est partie ? Comment ça, partie ?

Luca foudroya Michel du regard. Son secrétaire particulier rentra la tête dans les épaules, et il reprit d'un ton plus conciliant :

— Je suis désolé, Michel. Je ne voulais pas crier. Je ne recommencerai pas.

— Je l'ai vue parler à Max, lui apprit le vieil homme.

— *Quoi ?*

— Vous avez promis de ne pas crier, lui rappela Michel, haussant un sourcil gris.

Luca inspira profondément, puisant dans ses réserves de patience.

— Absolument. Je ne crie pas. Mais qui a invité Max ?

— A-t-il besoin d'une invitation pour revenir au palais où il a grandi ?

Luca crispa la mâchoire, furieux. Il aurait dû savoir que Max ne respecterait pas sa promesse de ne jamais revenir. Mais pour le moment, il avait un problème plus urgent à régler.

— Alors, où est-elle ? répéta-t-il en se passant nerveusement la main dans les cheveux.

— Je l'ai vue sortir précipitamment il y a dix minutes.

Par cette porte, précisa Michel en désignant celle qui donnait sur la terrasse.

— Dix minutes ? Je l'ai laissée seule si longtemps ?

— L'ambassadeur est connu pour être bavard, répondit son secrétaire. Et il l'était plus que jamais, ce soir.

Si Michel essayait de le rassurer, c'était raté. Où était Callie ? Il balaya la salle du regard pour s'assurer une dernière fois qu'elle n'y était pas. Pouvait-il lui en vouloir d'être partie sans un mot, surtout si Max lui avait parlé ? Dieu seul savait quel fiel il lui avait déversé dans l'oreille.

Luca s'efforça de se calmer. Qu'aurait-il fait à sa place ? Aurait-il regagné sa chambre ? Serait-il retourné au lac ? Les rochers de la rive étaient glissants et, de nuit, un accident était vite arrivé. Et si elle avait décidé de prendre la barque ? Même sur un lac, il y avait des courants. Lui les connaissait tous, pas elle.

Le cœur battant, il sortit en courant et descendit jusqu'au rivage, avalant d'un saut les escaliers de pierre du chemin. Dieu merci, l'embarcation était encore attachée au ponton. Mais de Callie, point. Il s'apprêtait à remonter vers le palais lorsqu'il l'aperçut en lisière de la forêt, un peu plus loin au bord de l'eau.

Presque ivre de soulagement, il s'avança vers elle, la prit par les épaules et la força à le regarder.

— Je t'ai cherchée partout ! Qu'est-ce qui ne va pas ? Qu'est-ce qui t'arrive ?

— Toi. Voilà ce qui m'arrive.

Elle avait répondu d'une voix morne, mais ses yeux brillaient d'un éclat plus intense que jamais. Elle était blessée, il le voyait et ne s'en étonna pas. Max avait toujours été particulièrement doué pour semer la zizanie.

— Merci de m'avoir confié à quel point tu désirais un héritier, reprit-elle d'un ton sarcastique.

— Pardon ?

— J'ai appris que tu avais besoin d'une descendance

pour rester sur le trône. Un petit détail que tu avais oublié de mentionner.

— Ne sois pas ridicule. Que t'a dit Max, au juste ?

— La vérité, apparemment.

Luca ne répondit rien, ébranlé. Il ne pouvait pas nier ce point précis.

— Selon ton frère, tu n'as couché avec moi que dans ce but-là.

— Je n'ai pas *couché* avec toi. Nous avons fait l'amour, corrigea-t-il.

— Peut-être, murmura-t-elle après une hésitation. Mais comment puis-je en être sûre, maintenant que je sais que tu avais un motif ?

— Tu ne peux donc pas croire en toi, juste un peu ? Imaginer que je puisse te désirer ?

— Je vois surtout que cet enfant arrive à point nommé. Max affirme que la seule chose qui te préoccupe, c'est de bâtir une dynastie.

— Ce qui me préoccupe, c'est toi.

— Je n'en ai pas l'impression, Luca. Depuis le début, je n'ai jamais vraiment eu mon mot à dire. J'ai passé ma vie prisonnière des caprices de mon père, et je n'ai pas l'intention de retomber dans ce piège.

— Il n'y a pas le moindre piège. Tu mélanges tout, Callie.

— Je ne mélange rien du tout, bien au contraire. Pour la première fois, tout me paraît clair.

— Ce sont tes hormones qui parlent.

— Fais attention à ce que tu dis. Quel était ton plan, au juste ? M'épouser, puis divorcer discrètement une fois l'enfant né ? Tu ne perds pas de temps, n'est-ce pas ? Mais d'après ce que m'a expliqué Max, la Constitution ne t'en laissait pas beaucoup. Je suppose que tu comptais m'épouser avant que mon état ne devienne évident ?

Luca cherchait ses mots. Elle avait en partie raison,

bien sûr, il ne lui ferait pas l'insulte de le nier. Mais ses sentiments étaient bien réels. Un bébé. Un enfant. Tout ce dont il avait toujours rêvé était soudain à portée de main. Il en était ému, presque bouleversé, et le calendrier constitutionnel n'y était pour rien. Callie était la femme parfaite, la mère idéale.

— Qu'y a-t-il donc de si terrible dans le fait de devenir ma femme ?

— Si tu ne le sais pas, fit Callie d'une voix triste, alors je ne peux rien pour toi. Je te suggère de m'oublier. Trouve-toi une vraie princesse à épouser. Je suis sûre que les remplaçantes ne manquent pas.

— Au diable les remplaçantes ! gronda Luca, cédant à sa colère. C'est toi que je veux.

— On ne peut pas toujours avoir ce qu'on veut, dans la vie.

— Qu'est-ce que tu essaies de me dire, exactement ?

— Que je ne t'épouserai pas.

— Mais... Tu deviendrais princesse !

— Princesse de quoi ? Tu ne m'offres qu'un rôle temporaire. Je ne veux pas d'une vie misérable, juste parce que j'ai servi de reproductrice à un prince.

— Ce sont les mots de Max, pas les tiens. Ne l'écoute pas.

— Je ne veux pas de ça pour notre enfant, poursuivit Callie comme si elle ne l'avait pas entendu. Je me fiche d'être princesse si c'est au prix d'un mariage sans amour. Ce n'est pas ma tiare qui me consolera, qui me tiendra dans ses bras. Je préfère élever mon enfant dans un studio que dans ton palais.

— Le choix ne t'appartient pas, déclara Luca d'un ton plus dur.

— C'est une menace ?

— Un simple rappel du fait que tu portes l'héritier du Fabrizio. Ni toi ni moi ne pouvons le nier.

— En effet. Ce n'est d'ailleurs pas mon intention. Mais sauf à ce que tu me retiennes de force, je peux quand même rentrer passer Noël chez moi, entourée de gens en qui j'ai confiance.

Luca ouvrit la bouche pour protester, se ravisa et prit une profonde inspiration.

— Cet enfant arrive au bon moment, c'est un fait. Mais il représente bien davantage qu'un héritier à mes yeux. Et toi aussi. J'ai encore du mal à comprendre les sentiments qui…

Il s'interrompit, incapable de trouver les mots justes. Lui qui avait passé sa vie à fuir les émotions se noyait à présent dedans. Mieux valait changer d'angle.

— Je te respecte, reprit-il. Et ce sera toujours le cas. Je te demande de réfléchir à ce que je te propose.

— C'est ce que j'ai fait. Et je n'en veux pas.

— Que veux-tu, alors ?

— De l'amour, de la tendresse réciproque, répondit Callie sans la moindre hésitation. Une complicité, des sourires partagés. Une confiance mutuelle sur laquelle prendre appui dans les tempêtes. Et je veux garder mon indépendance. Je me suis trop battue pour y renoncer.

— Tu garderas ton indépendance. Il n'est pas question pour moi de t'asservir.

— Tu sais aussi bien que moi que les obligations de la vie princière sont une forme d'asservissement. J'ai passé la majeure partie de mon existence enchaînée, et je n'ai pas l'intention de quitter une cage pour m'enfermer dans une autre, fût-elle d'or pur. Ce n'est pas non plus ce que je veux pour notre enfant. Au revoir.

— Callie !

Il la retint lorsqu'elle voulut s'éloigner, mais la jeune femme se dégagea d'un geste brusque.

— Partir n'est pas la solution.

— C'est la seule que je voie.

— Mais je t'aime.

Callie se figea à ces mots, puis se retourna lentement.

— Tu m'aimes ? Et tu n'as pas pensé à me le dire avant ce soir ? Tu dois vraiment être désespéré...

— Je *suis* désespéré, mais pas pour les raisons que tu avances. Je t'aime Callie. Et oui, j'aurais dû te le dire avant, mais j'ai mis du temps à le comprendre. Je n'ai pas reconnu les symptômes, parce que je ne les connaissais pas. Il n'y a jamais eu d'amour dans ma vie.

— Ton père adoptif ne t'aimait pas ?

— Si, concéda Luca. Mais il m'a été difficile de lui faire confiance et de lui retourner son affection. Ou du moins, j'ai mis très longtemps.

— Peu importe, Luca. Je ne changerai pas d'avis. Je ne veux pas faire office de laboratoire d'essai pendant que tu découvres que tu as un cœur. Je veux le gamin du Colisée auquel rien ne faisait peur. Ne te sers pas de ton passé comme d'une excuse. Je pourrais le faire moi aussi.

Elle avait raison, et Luca se sentit envahi d'un sentiment de honte dont il n'était pas coutumier.

— Comment puis-je te prouver que je t'aime, Callie ?

— En me laissant partir, tout simplement.

Callie fut ravie de retrouver les Brown, mais le vide laissé dans son âme par son départ précipité semblait s'agrandir de jour en jour. Même l'enthousiasme légendaire de ses amis pour les préparatifs de Noël n'y pouvait rien.

Revoir Anita lui avait tout de même mis du baume au cœur, songea-t-elle en dévisageant son amie, assise de l'autre côté de la table. Callie l'avait persuadée dès son retour de prendre un travail dans les environs, et les Brown lui avaient offert une chambre. En échange,

Anita les aidait avec les plus jeunes des enfants. Tout le monde y trouvait son compte.

— Allez ! s'exclama Ma Brown en déboulant dans la pièce, les joues rouges d'avoir travaillé devant le fourneau. Que tout le monde s'active ! Anita, j'ai besoin de toi en cuisine. Callie et Rosie, où en êtes-vous avec les guirlandes en papier ? Bientôt terminées ?

— Bien sûr ! s'exclama Rosie, alors qu'elles n'avaient même pas commencé.

Une fois seule avec Callie, Rosie s'agenouilla près d'elle.

— Je sais que tu ne veux rien dire devant la famille, mais tu ne peux pas tout garder pour toi. Tu vas finir par exploser comme une cocotte-minute. Et tu ne peux pas non plus t'obstiner dans ton refus de parler à Luca. S'il venait en Angleterre…

— Tu sais quelque chose ? coupa Callie.

L'idée de revoir Luca lui donnait des ailes, même si sa raison lui répétait qu'elle n'était pas faite pour la vie qu'il lui offrait. Le plus sage était donc de ne pas le revoir.

— Pas vraiment, répondit son amie d'un air gêné. Je dis juste que *si* Luca venait, tu devrais accepter de le voir.

— Je ne dois rien faire du tout, fit valoir Callie, boudeuse.

Mais son cœur caracolait, sa respiration s'emballait. Luca était-il en Angleterre ? Était-il arrivé en ville ? Il n'y avait pas de fumée sans feu, et l'expression de Rosie trahissait une évidente culpabilité. Son amie en savait plus qu'elle ne l'affirmait.

— Nous ferions bien d'attaquer les guirlandes, reprit Rosie comme s'il s'agissait de leur seul problème. Sinon, ça va chauffer pour nous.

12.

Callie se figea. La famille entière venait de s'asseoir devant un véritable festin quand des coups impérieux s'étaient fait entendre à la porte.

— Je vais voir qui c'est, annonça Pa Brown.

Callie n'eut pas de mal à deviner l'identité de leur visiteur à l'excitation qui pétillait dans les yeux de Rosie. De fait, quelques instants plus tard, Luca apparut sur le seuil. Apparaître était le mot juste pour désigner l'irruption d'un tel homme dans une demeure si modeste. L'atmosphère, dans le petit salon, se chargea aussitôt d'électricité. Luca échangea un regard avec Callie, si intense, si passionné qu'elle fut presque soulagée lorsqu'il détourna les yeux pour parcourir la petite assemblée.

— Désolé de vous déranger, déclara-t-il comme Pa Brown l'aidait à ôter son manteau de cachemire.

— Mais non, vous tombez parfaitement, s'exclama Ma Brown. Nous venions de passer à table. Vous avez faim ?

— Au vu de tous ces mets, il est difficile de ne pas avoir de l'appétit… Vous avez de la place pour une personne de plus ?

Ma Brown bondit aussitôt sur ses pieds.

— Et comment !

Vêtu d'un pull de laine sur un jean usé, Luca n'en était pas moins intimidant et parut faire rétrécir la pièce lorsqu'il s'avança. Callie l'étudia, tentant de ne pas songer à ces mains qui avaient couru sur son corps nu, ces yeux qui s'étaient repus d'elle. Luca ne ressemblait en rien aux princes charmants polis et lisses de ses livres d'enfant. Sans le connaître, on aurait pu le croire soldat, forestier, exerçant un métier au grand air. La sensualité irradiait de lui comme la chaleur d'un soleil.

— Je ne vous connais pas de l'Italie ? remarqua Luca en s'arrêtant sur Anita.

— Si, Votre Altesse, répondit l'intéressée en rougissant.

— Appelez-moi Luca. Vous connaissez les règles. En tout cas, merci à tous de m'accueillir.

— C'est un plaisir et un honneur, répondit Pa Brown. Vous avez bien fait de venir.

— Je vous laisse ma chaise si vous me faites faire un tour dans votre voiture de sport, proposa le cadet des Brown depuis la fenêtre, où il s'était posté pour admirer le bolide garé devant chez eux.

— Marché conclu.

Tom et Luca se tapèrent dans la main, puis Ma fit signe à tout le monde de se serrer.

— Allez, faites un peu de place pour le prince.

— Ce n'est pas le genre de phrase qu'on entend tous les jours ! s'exclama Pa Brown, qui reçut un regard sévère de sa femme.

Une joyeuse agitation s'ensuivit, des couverts et une assiette furent tirés d'un bahut. Chacun se rassit et le déjeuner commença.

— Je vous envie, dit Luca à ses hôtes, au milieu du festin.

— Vous nous enviez, *vous* ? s'exclama Pa Brown, avec un ébahissement qui lui valut un nouveau regard de la maîtresse de maison.

— Encore un peu de sauce sur vos légumes, Luca ?

— Volontiers.

Les premiers instants de surprise passés, tous les Brown se comportaient comme si Luca avait été un voisin passé à l'improviste. Le repas aurait pu être guindé, gâché par une si formidable présence, mais le contraire se produisit. Sous l'impulsion de la famille et d'Anita, la conversation prit vite une tournure festive.

— C'est comment d'être prince ? demanda le petit Tom.

— Fatigant.

— Tu dois sourire à des gens que tu n'aimes pas ?

— C'est ce qui s'appelle la diplomatie, intervint Pa Brown. Et vous feriez bien de tous vous en inspirer.

— Non, il a raison, déclara Luca en riant. C'est pour ça que je suis ravi d'être ici.

— Vous n'aviez nulle part où aller pour Noël ? reprit Tom, qui n'avait pas terminé son interrogatoire.

Luca fit mine d'y réfléchir, un sourire aux lèvres.

— J'avais plusieurs propositions, mais rien ne me plaisait autant que celle-ci.

— Un peu de dessert ? suggéra Ma.

— Avec grand plaisir. Mais d'abord…

Il jeta un coup d'œil à Callie, puis fit un signe de tête en direction de la porte.

— Bien sûr, reprit Ma. Nous vous garderons du dessert.

Callie hésitait à le suivre. Elle ne se sentait pas prête à lui pardonner — rien n'avait changé, après tout. Mais ils devaient discuter de la situation, elle en avait conscience.

— Voilà, murmura-t-elle lorsqu'elle se retrouva confortablement installée dans sa voiture quelques minutes plus tard, emmitouflée dans son manteau. Maintenant, tu sais.

— Je sais quoi ?

— D'où je viens.

— Tu as de la chance. C'est le plus beau Noël de ma vie.

— Et encore, il ne fait que commencer.

— J'ai hâte de voir la suite.

Callie lui coula un regard de biais, soupira et reprit au moment où il démarrait :

— Tu avais promis de me laisser du temps.

— Combien t'en faut-il ?

— Plus que ça.

— J'ai bien peur que ce ne soit pas possible.

— Tu étais d'accord pour me laisser partir.

— Certes. Mais rien ne m'interdit de te courir après.

Callie secoua la tête, réprimant les élancements joyeux de son cœur. Son *traître* de cœur. Elle ne pouvait pas se permettre d'espérer, de croire à un avenir entre eux.

— Ma vie est ici, Luca.

— Ta vie est dans les vergers de citrons. Dans l'hôtel cinq étoiles où le personnel t'a tant appréciée. Ce que j'essaie de te dire, c'est que ta vie est là où tu choisis de la faire. Tu illumines le quotidien des gens que tu croises. C'est pour ça qu'ils t'aiment. C'est pour ça que *je* t'aime. Je veux que tu deviennes ma femme.

— Et une princesse, mère de ton enfant.

— Tu as donc décidé de croire Max plutôt que moi…

— Je suis parfaitement capable de penser par moi-même. Max n'a rien à voir là-dedans.

— Puisque nous parlons de lui, je lui ai rappelé assez fermement qu'il s'était engagé à ne pas revenir au Fabrizio. Je veux dire par là que j'ai raboté son allocation d'un tiers. S'il revient, je ferai de nouveau la même chose. Le message a l'air d'être passé.

— Tant mieux. Arrête-toi là.

— Pardon ?

— Là, près du jardin public. Nous marcherons un peu.

Luca étudia les environs, sourcils froncés.

— Je pensais te conduire dans un endroit un peu plus romantique.

— Ce jardin ne ressemble peut-être pas à grand-chose, mais je t'assure qu'ici nous l'aimons autant que toi ton parc.

— Je n'ai pas grandi dans un parc, lui rappela Luca en manœuvrant pour se garer.

Il coupa le contact, mit pied à terre d'un bond souple et vint lui ouvrir. La jeune femme accepta la main qu'il lui tendait, puis frémit au frisson familier qui remonta le long de son bras.

Le premier, Luca rompit le silence lorsqu'ils pénétrèrent dans le jardin public.

— Tu ne peux pas nier qu'il y a quelque chose de magique entre nous.

— Mais tu es un prince.

— Je suis un homme. Un homme qui sait que nous sommes faits l'un pour l'autre.

Callie leva vers lui un visage que rosissait le vent d'hiver.

— Pourquoi veux-tu m'épouser, alors que tu peux avoir n'importe quelle princesse au monde ? Pourquoi moi ?

— Je me pose parfois la même question, répliqua Luca, un sourire aux lèvres.

— Très drôle.

— Tout ce que je peux te dire, c'est que l'amour ne s'explique pas. On est amoureux ou non.

Ils s'étaient arrêtés devant le petit kiosque où, pas plus tard que la veille, Callie et les Brown étaient venus écouter une chorale de Noël. Luca referma les mains sur ses épaules et la fit pivoter vers lui, la mine grave.

— Je sais pourquoi tu n'accordes pas ta confiance aisément, Callie. Tu as eu une jeunesse difficile à cause de ton père. Ma Brown m'en a parlé au téléphone.

— Elle n'aurait pas dû.

— Au contraire, elle a très bien fait. Elle t'aime énormément, et elle pensait que je devais être au courant.

Et puis, si tu avais répondu à mes lettres, je n'aurais pas pris contact avec eux.

— Que t'ont-ils dit d'autre ?

— De te laisser le temps de réfléchir.

— Et toi, quelle conclusion as-tu tirée de notre séparation ?

— Que l'amour n'est pas rationnel, comme je te l'ai dit. Qu'il n'y a que *ça* qui compte.

Il effleura ses lèvres avec douceur avant de revenir à la charge, une fois, deux fois, plus longuement. Quelques secondes plus tard, ils s'embrassaient au beau milieu du parc comme s'ils étaient seuls au monde.

— Tu m'as manqué, avoua Callie quand ils se séparèrent.

— Moi aussi tu m'as manqué. Je veux tout savoir de toi. Pas la version édulcorée que tu m'as servie de ton passé mais tout, le bon, le mauvais. Je veux affronter l'avenir à tes côtés. Nous avons tous les deux souffert, et alors ? Comment reconnaître le bonheur si l'on n'a pas connu la peine ? Dis-moi tout, répéta-t-il. Et ne t'avise pas de me cacher quelque chose, parce que je le saurai.

— Très bien. Autant commencer par ma mère alors… Je ne me souviens pas d'elle. Elle est morte en me donnant le jour. Mon père m'a toujours tenue pour responsable de sa disparition. Sans cette tragédie, peut-être aurait-il été un autre homme.

— Chacun est maître de son destin. Tu n'es pas responsable des erreurs de ton père. Et encore moins de la mort de ta mère.

Il lui prit les mains, les porta à ses lèvres et reprit :

— La suite, je la devine. Tu n'as pas besoin de me dire que tu as travaillé dur. Je le vois à ces mains.

Callie se mit à rire — elle n'avait pas vraiment des mains de princesse.

— J'aimerais pouvoir retourner dans tes vergers,

quand je pensais que nous étions tous les deux de simples saisonniers, soupira-t-elle.

— Nous sommes toujours les mêmes. Rien n'a changé.

— Si. Tu es prince.

— Je suis juste un homme amoureux.

Il s'agenouilla, tira de sa poche une alliance de plastique bleu et la lui tendit.

— Veux-tu devenir ma femme ?

Malgré l'émotion qui lui nouait la gorge, Callie éclata de rire.

— Où as-tu trouvé cette bague ?

— Un cadeau de Tom, juste avant que nous ne sortions. Je lui dois une fière chandelle.

Callie regarda le souverain à genoux dans la neige comme le plus simple des hommes. Il avait accepté ses doutes, sa colère, la distance, il avait tout enduré et tout conquis. Soudain, la peur qui logeait dans son cœur s'évanouit et laissa place à des flots de bonheur.

— Oui.

— Oui quoi ? demanda Luca, l'air incertain.

— Oui, je veux devenir ta femme, idiot.

Il se redressa, l'air solennel, et l'embrassa longuement. Puis il éclata de rire.

— Qu'est-ce qui t'amuse ?

— Je t'ai bien choisie, Callie. Il n'y a que toi pour me traiter d'idiot, et faire de moi le plus heureux des hommes en même temps.

Épilogue

Une épaisse couche de neige recouvrait le nord de l'Angleterre. Elle tombait à gros flocons paresseux qui ralentissaient la circulation et étouffaient les bruits. Celui de la calèche qui s'arrêta devant la maisonnette des Brown, par exemple. Les rues étaient parées d'illuminations, les vitrines remplies de traîneaux, de rennes et de paquets enrubannés. La ville tout entière semblait vouloir retenir Noël, quelques jours encore.

Callie savait que son mariage ne ressemblait à aucun autre. Elle allait épouser Luca dans le quartier pauvre où elle avait grandi, en compagnie de leurs amis : les Brown, Anita et Marco, tout juste arrivé d'Italie. Elle portait une robe choisie par Ma Brown qui lui allait comme un gant. *Plus pour bien longtemps*, songea-t-elle en caressant son ventre arrondi tandis que Rosie finissait d'arranger son voile.

La cérémonie devait avoir lieu dans l'église locale. Callie avait tenu à cette union discrète, destinée à prouver à tous ceux qu'elle aimait que même si elle devenait princesse, même si elle partait vivre une existence digne des *Mille et Une Nuits*, rien ne changerait. Quant au peuple du Fabrizio, il aurait droit à une seconde cérémonie deux semaines plus tard, dans la cathédrale du pays.

— Tu es splendide, déclara Pa Brown lorsqu'elle le rejoignit dans le salon. Je suis très honoré de t'accompagner à l'autel et de te donner à cet homme. Non, de te *prêter*, corrigea-t-il avec un froncement de sourcils. Ne t'avise jamais d'oublier d'où tu viens.

— Aucun risque, répondit Callie, déposant un baiser sur sa joue fripée. Et vous, n'oubliez pas de venir me rendre visite régulièrement.

— Seulement si je peux regarder le football, là-bas, répondit Pa d'un air inquiet.

Callie, qui savait à quel point le match du samedi comptait pour lui, hocha vigoureusement la tête.

— Je suis sûre que nous pourrons arranger ça.

— Bon, je crois que c'est l'heure d'y aller, fit Pa Brown en désignant la vieille horloge du salon.

À peine sortis de la maison, ils s'enfoncèrent dans une congère. Avec un grand éclat de rire, Callie tira son pied de la neige.

— Tu parles d'un début… Mais rien ne pourra gâcher cette journée.

Luca avait insisté pour qu'elle se rendît à l'église en calèche. Callie fut soulagée de constater que le nécessaire, couvertures et bouillottes, avait été prévu pour le voyage. Les chevaux renâclaient sous la neige, impatients de repartir, bien au chaud sous leur chemise aux couleurs du Fabrizio. Des clochettes d'argent à leur bride tintaient au moindre mouvement. Sur leur passage, les gens s'arrêtaient pour saluer avec chaleur la fille du coin qui épousait un prince.

Luca l'accueillit d'un sourire radieux quand elle pénétra dans l'église au son du vieil orgue. Callie n'avait jamais vu plus bel homme de sa vie. Il portait un costume bleu sombre, sans le moindre insigne officiel. Pouvait-elle rêver mieux ? se demanda-t-elle, un peu ébahie, tandis que Pa Brown la confiait à son futur mari.

— Vous pouvez maintenant embrasser la mariée, annonça le prêtre quelques instants plus tard.

— Je peux embrasser la femme de ma vie, lui souffla Luca à l'oreille. La seule princesse dont j'aie besoin.

— Et la seule que tu auras ! le taquina-t-elle avant de lui offrir ses lèvres.

Elle baissa les yeux sur la bague ornée d'un diamant qu'il lui avait offerte le matin même, affirmant avec un clin d'œil qu'elle ne pourrait jamais remplacer l'originale en plastique bleu. Puis ils sortirent, main dans la main, dans l'air blanc de l'hiver.

— Tu n'as pas froid, ma chérie ? murmura Luca en la serrant contre lui.

— Plus maintenant, répondit Callie avec un sourire radieux.

Michel, le bras droit de Luca, avait tout organisé selon le protocole pour leur second mariage au Fabrizio. Pour un tel événement, il n'était pas question de déroger au protocole. Heureusement, la présence des Brown, que même ces fastes n'impressionnaient pas, apportait une touche d'imprévisibilité bienvenue aux préparatifs. Luca y mit du sien lui aussi, en se glissant le matin du mariage dans la suite de Callie comme elle sortait tout juste de sa douche. Quand elle le vit, la jeune femme ouvrit la bouche en un « oh » de stupeur muet.

— Tu ne devrais pas être ici ! murmura-t-elle, jetant un coup d'œil en direction de la porte du salon pour s'assurer qu'elle était fermée.

Luca l'enlaça, imperturbable.

— Pourquoi ?

— Parce que tu n'es pas censé voir la mariée avant la cérémonie.

— Un, nous sommes *déjà* mariés. Et deux, je ne suis pas censé voir la mariée *dans sa robe*. Que tu ne portes pas, si je ne m'abuse.

Callie se mit à rire, puis soupira de plaisir quand Luca se pencha pour lui mordiller l'oreille. Vêtu d'un vieux jean et d'un simple T-shirt blanc, il exsudait la même élégance, la même sophistication qu'en costume italien.

— Tu as oublié de te raser ? murmura-t-elle quand elle sentit son début de barbe lui égratigner la joue.

— Non. Je sais que tu aimes ça, sur certaines parties de ton corps.

Il avait raison, et les seins de Callie bourgeonnèrent sous son peignoir.

— Il faut que tu arrêtes…

— Ou tu ne répondras plus de tes actes ?

— Non, reconnut-elle tandis que les mains de Luca glissaient sur sa peau nue.

— Tu sais depuis combien de temps nous n'avons pas fait l'amour ?

— Au moins trois heures ?

— Exactement. Trop longtemps. Qu'est-ce que c'est que ça ? reprit-il quand ses doigts effleurèrent une chaîne entre ses seins.

Il se mit à rire en découvrant l'alliance de plastique qu'elle y avait accrochée.

— Je voulais la garder en souvenir, confessa Callie, penaude.

— Je te donnerai un pendentif plus digne d'une princesse.

— Rien de trop visible, alors.

— J'ai bien peur de ne pas pouvoir te le promettre. D'ailleurs, je t'apportais quelque chose. Plusieurs choses, pour être exact. D'abord…

Il tira une boîte de la poche arrière de son jean, l'ouvrit et la lui présenta.

— La bague traditionnelle des princesses du Fabrizio, expliqua-t-il. Elle se transmet de génération en génération. Me feras-tu l'honneur de la porter ?

Bouche bée, Callie étudia l'imposant saphir entouré de diamants qui scintillait sur son nid de velours. C'était le plus beau bijou qu'elle avait jamais vu, à l'exception du solitaire qui brillait à son doigt. Il s'agissait d'une pièce d'exception, chargée d'histoire — nul besoin d'être experte pour s'en apercevoir.

— Je… Je ne peux pas accepter un tel cadeau.

— Non seulement tu le peux, mais tu le dois, insista Luca. Quel genre d'exemple donnerais-je à mes enfants si je ne couvrais pas leur mère de cadeaux ?

Tout en parlant, Luca avait placé une main sur son ventre, comme pour sceller une promesse.

— Tu porteras le saphir et ton solitaire à la main droite. Et ton alliance à la gauche, conformément à la tradition. Les Romains disaient que c'était là que passait la veine qui va droit au cœur. D'ailleurs, nous l'appelons toujours *vena amoris*, la veine de l'amour. L'alliance que je vais te remettre est faite d'un or très spécial, extrait du sol même de notre pays.

Plongeant de nouveau la main dans sa poche, il en sortit un anneau tout simple, aux éclats fauves.

— Comme tu peux le voir, c'est sa sobriété qui fait la beauté de cette alliance. J'espère que tu seras heureuse de la porter.

— Elle est magnifique, souffla Callie, la voix enrouée par l'émotion. Tu n'aurais pas pu mieux choisir. C'est le bijou le plus précieux qu'on m'ait jamais offert.

— Même en comptant l'alliance en plastique ?

— Avec l'alliance en plastique, corrigea la jeune femme en riant. Mais j'avoue une petite faiblesse pour l'or du Fabrizio.

Luca se pencha pour l'embrasser, au moment même où Ma appelait depuis le salon :

— Callie, tu es prête ? Nous ne pouvons pas être en retard.

— La ponctualité est la politesse des rois, souffla Luca.

— Heureusement que je ne suis que princesse, alors. Je suis toujours en retard.

— Je t'attendrai tout le temps qu'il faudra.

Puis, sur un dernier baiser, il s'enfuit par la porte de service, laissant Callie se demander si elle s'était imaginé ce merveilleux interlude. L'or qui brillait à sa main gauche lui rappela que non.

La seconde cérémonie fut tout aussi réussie que la première, encore qu'un peu plus grandiose. Il n'y avait pas de neige au Fabrizio mais un grand soleil et un ciel bleu azur, sans le moindre nuage à l'horizon. Les rues étaient bondées, le peuple avide de découvrir sa nouvelle princesse. Les décorations de Noël n'avaient pas été démontées, donnant l'impression que la ville était emplie de lumière.

La foule applaudit lorsque Callie descendit du carrosse officiel, suivie d'une traîne de soie blanche de presque sept mètres. Il avait fallu cette longueur pour permettre à chacun des quatorze membres de la famille Brown d'en porter une partie. Ma avait donné des consignes strictes, et chacun des petits pages et des filles d'honneur se comporta à merveille. Rien ne fut renversé, déchiré ou taché. Callie eut l'étrange impression de flotter jusqu'à Luca, qui l'attendait au centre de la magnifique cathédrale du Fabrizio.

— Qui donne cette femme à cet homme ? demanda solennellement l'officiant.

— Ben moi, bien sûr ! s'exclama Pa Brown, tandis que sa femme levait les yeux au ciel.

Callie étouffa un éclat de rire. Luca se pencha vers elle, le regard brûlant d'une passion réprimée.

— Rappelle-moi depuis combien de temps nous n'avons pas fait l'amour, maintenant ? chuchota-t-il.

— Ça doit bien faire quatre heures.

— Il va peut-être falloir que nous sautions la réception alors.

— Je le crois aussi.

Comme en Angleterre deux semaines plus tôt, la proclamation retentit bientôt dans l'église : le prince Luca du Fabrizio pouvait embrasser sa nouvelle épouse. Luca s'exécuta avec ferveur, puis fit pivoter Callie vers l'assemblée silencieuse. D'une voix forte qui résonna dans toute la nef, il annonça :

— Ma princesse.

Et au milieu des vivats qui retentissaient, il ajouta :

— L'amour de ma vie.

— Je n'ai aucun dossier urgent à traiter pendant les deux semaines qui viennent, annonça Luca dans le carrosse qui les ramenait, par l'artère principale de la ville, jusqu'au palais. Ou plus exactement, mon dossier le plus urgent, c'est toi.

— Il va falloir attendre après la réception avant de t'en occuper, fit valoir Callie, saluant joyeusement la foule massée le long des trottoirs.

— Oh ! je ne t'ai pas dit que notre arrivée serait retardée ?

Callie affecta une mine choquée.

— Vraiment ?

— J'ai demandé au cocher de nous déposer devant l'entrée privée de nos appartements. Tu sais, pour nous donner le temps de nous… rafraîchir un peu.

— Tu penses vraiment à tout.

— J'essaie.

Si le personnel du palais fut surpris de voir leur prince

et leur princesse regagner leur chambre en courant, tiare de travers et traîne en boule sous le bras, ils n'en montrèrent rien, se contentant d'échanger des regards réjouis.

Quelques secondes plus tard, les mariés refermèrent la porte derrière eux. Sans perdre de temps, Luca s'attaqua aux boutons de la robe de Callie. Lorsqu'elle en émergea en sous-vêtements nuptiaux, il la prit dans ses bras et la porta jusqu'au lit. La chambre était emplie de fleurs qui saturaient l'air d'un parfum divin.

— Elles sont toutes pour toi, murmura Luca, plongeant ses yeux dans ceux de son épouse.

— Elles sont magnifiques. Merci.

— Rien n'est trop beau pour toi, Callie. Et tu peux t'y habituer, parce que ce sera comme ça pour le restant de tes jours.

Retrouvez en janvier 2019,
dans votre collection

Azur

Le chantage d'un époux, de Sharon Kendrick - N°4037

MARIAGE ARRANGÉ

Nicole a eu toutes les peines du monde à demander le divorce à Rocco Barberi, mais il le fallait. Si elle aime toujours son mari, elle sait en effet que leur mariage scandaleux n'a été qu'un leurre. Quel avenir pouvaient donc avoir un milliardaire sicilien et une simple domestique comme elle ? Or, alors qu'ils sont séparés depuis deux ans, voilà que Rocco la soumet à un odieux chantage. Si Nicole veut être libre, elle devra jouer, quelques jours encore, le rôle de l'épouse aimante…

Une nuit avec Santiago Velázquez, de Jennie Lucas - N°4038

Enceinte. Un sourire ébloui aux lèvres, Belle savoure son bonheur. Alors qu'elle croyait ne jamais pouvoir être mère, son vœu le plus cher vient d'être exaucé. Seulement, il y a un problème : après l'unique nuit qu'elle a passée dans les bras de Santiago Velázquez, que peut-elle attendre du père de son bébé ? S'ils ne se sont pas revus depuis leur folle étreinte, c'est que tous deux considéraient celle-ci comme une erreur. Et pour cause : depuis leur rencontre, ils s'attirent autant qu'ils se haïssent…

Rencontre à Edbury Hall, de Lucy Ellis - N°4039

Passionnée d'histoire, Sybella est ravie de faire revivre le château d'Edbury Hall en y organisant des visites. Du moins jusqu'à ce que le propriétaire du domaine lui impose sa présence. Dès leur rencontre dans la campagne anglaise recouverte de neige, Nikolaï Aleksandrovitch Voronov lui témoigne une méfiance des plus hostiles. Pis, alors que Sybella voudrait prouver à Nikolaï qu'elle n'est pas une intrigante, cet homme détestable la menace de la chasser de ce lieu qu'elle aime tant, devenu un foyer pour elle et pour sa fille…

Liaison aux Caraïbes, de Cathy Williams - N°4040

Ellie n'en revient pas. Si elle veut décrocher un juteux contrat auprès de Niccolo Rossi, elle doit accepter sa proposition de l'accompagner aux Caraïbes. Une perspective qui la tente tout autant qu'elle l'inquiète. Car, s'il est devenu milliardaire grâce à son talent pour les affaires, Niccolo est également réputé pour être un redoutable play-boy. Sur une île paradisiaque, ne cherchera-t-il pas à la séduire, comme tant d'autres avant elle ? Saura-t-elle de son côté rester professionnelle, alors que Niccolo éveille en elle un irrépressible désir ?

Un comte pour voisin, de Robyn Donald - N°4041

Arrogant et autoritaire : le comte Niko Radcliffe est le genre d'homme qu'Elana préfère fuir, d'ordinaire. Alors, pourquoi le nouveau propriétaire du ranch Mana lui fait-il un tel effet ? Depuis qu'il a posé les pieds en Nouvelle-Zélande pour devenir son plus proche voisin, Elana se prend à penser à lui, jour et nuit. Au point qu'elle abandonne bientôt sa réserve naturelle pour se jeter à corps perdu dans une liaison avec lui. Une liaison qui a le goût savoureux du danger…

Éprise du patron, de Helen Brooks - N°4042

Nouveau travail, nouvel appartement, nouvelle vie. Si Gina a décidé de repartir de zéro, c'est qu'elle ne supporte plus la proximité troublante de Harry Breedon, son patron. Alors qu'elle l'aime en secret depuis leur rencontre, lui ne voit en elle qu'une assistante dévouée, avec laquelle il s'amuse à flirter. Résolue à mettre un terme à ce jeu innocent, devenu une torture pour elle, Gina donne sa démission. Mais, au moment même où elle reprend son existence en main en renonçant à l'homme de ses rêves, Harry l'invite à dîner…

L'héritier des Petrakis, d'Annie West - N°4043

« Saurez-vous me séduire d'un seul baiser ? » Audacieuse comme elle ne l'a jamais été, Alice défie du regard Adoni. Une provocation à laquelle le milliardaire grec ne tarde pas à répondre, en l'enlaçant de ses bras musclés. Mais, quand leur étreinte fiévreuse se prolonge en une nuit de passion, Alice prend peur et s'enfuit, sans un mot d'adieu. Sans même savoir qu'elle donnera bientôt naissance à l'héritier des Petrakis…

Le secret d'un séducteur, de Lynne Graham - N°4044

SÉRIE : *SECRETS DE MILLIARDAIRES* - 1er VOLET

De la haine à l'état pur. Voilà ce que ressent Merry depuis le jour où son patron l'a congédiée sans ménagement, après lui avoir fait découvrir la volupté dans son lit. Humiliée et le cœur brisé, elle a coupé tout lien avec Angel Valtinos et son monde de faux-semblants. Hélas, aujourd'hui, alors qu'elle se croyait libre, le riche play-boy paraît résolu à la revoir. Non pas parce qu'il regrette les moments sublimes qu'ils ont partagés, mais parce qu'il a appris que Merry a donné naissance à une petite Elyssa – son héritière.

Captive d'un mariage, de Michelle Smart - N°4045

SÉRIE : AMOURS VENGERESSES - 1er VOLET

Trahi par les frères Casillas, qu'il considérait comme sa famille, Benjamin Guillem n'a qu'un objectif : se venger. Et la douce Freya, une danseuse étoile fiancée à l'un de ses ennemis, est l'arme dont il a besoin pour s'exécuter ! Étant parvenu à attirer la jeune femme dans sa propriété de Provence sans éveiller ses soupçons, il lui impose alors une union de convenance, à laquelle Freya n'a d'autre choix que de se soumettre. Pourtant, quand Benjamin succombe à la passion que lui inspire son épouse, il se rend compte que les liens du désir peuvent être plus forts encore que la haine…

Le prix de la trahison, de Caitlin Crews - N°4046

Son pire cauchemar se réalisait : Atlas était de retour, dix ans après leur dernière entrevue, dans un sinistre tribunal. Lexi tremble face à l'homme qu'elle a autrefois accusé à tort, ce qui l'a conduit en prison. La haine qu'elle voit brûler dans son regard n'a d'égale que la passion qu'il lui inspire encore. Atlas veut se venger, cela ne fait pas l'ombre d'un doute. Et Lexi, désespérée de ne pouvoir réécrire le passé, est bientôt mise au pied du mur. Si Atlas est là aujourd'hui, c'est pour exiger qu'elle paie sa dette envers lui… en l'épousant.

Une attirance interdite, de Maisey Yates - N°4047

En apprenant que son père, le roi Stephanos, l'a placée sous la surveillance étroite de Mak Nabatov, Evangelina se sent bouillir d'indignation et de colère. Ne pourrait-on, pour une fois, la laisser libre de ses faits et gestes ? Réputé autoritaire et inflexible, Mak est le genre d'homme dominateur qu'Eva déteste. Pourtant, au moment de leur rencontre, face à cet homme intimidant et d'une virilité à couper le souffle, ce n'est pas de l'aversion qu'Eva éprouve, mais de l'attirance. Une attirance d'autant plus déstabilisante qu'elle n'a pas le droit d'y céder…

Composé et édité par HarperCollins France.

Achevé d'imprimer en novembre 2018.

CPI
BLACK PRINT

Barcelone

Dépôt légal : décembre 2018.

Pour limiter l'empreinte environnementale de ses livres, HarperCollins France s'engage à n'utiliser que du papier fabriqué à partir de bois provenant de forêts gérées durablement et de manière responsable.

Imprimé en Espagne.